Moord in de jungle

Ook van Anna van Praag bij Leopold

Wraak van de stier 8 – 10
Het Heksenhotel 10+

Word vriend(in) van Isabel op
http://isabelsnoek.hyves.nl/

www.annavanpraag.nl

Anna van Praag

Moord in de jungle

Leopold / Amsterdam

Eerste druk 2008
© 2008 tekst: Anna van Praag
Omslagontwerp: Petra Gerritsen
Omslagillustratie: Alice Hoogstad
Foto auteur / foto's omslag: Ilco van der Linde
Uitgeverij Leopold, Amsterdam / www.leopold.nl
ISBN 978 90 258 5296 2 / NUR 283

Mixed Sources
Productgroep uit goed beheerde bossen
en andere gecontroleerde bronnen.
www.fsc.org Cert no. CU-COC-803902
© 1996 Forest Stewardship Council
FSC

Uitgeverij Leopold drukt haar boeken op papier met het FSC-keurmerk.
Zo helpen we waardevolle oerbossen te behouden.

Inhoud

Ik zit in het vliegtuig van Senegal naar Amsterdam. Naast me zitten mijn vader en mijn moeder te werken op hun laptop. Af en toe kijken ze onderzoekend mijn kant op.
Gaat het wel, Isabel? vragen hun blikken.
Natuurlijk gaat het niet. Ik zou wel naar de cockpit willen rennen en schreeuwen: Terug! Breng me terug naar de Hippo Bar waar ik het grootste avontuur van mijn leven heb beleefd en geen enkele dag hetzelfde was. Ik wil terug naar hoe alles was voor dat vreselijke gebeurde.
Terug naar Pascal.

Amadou

Amadou lag op de grond. Zijn ogen waren dicht en ik zag wittig schuim op zijn mond.

'Hij is dood!'

Schreeuwde Pascal dat of ik?

Mensen kwamen aanrennen tussen de varens, duwden ons opzij. Ik struikelde, verzwikte mijn voet. Pascal stond alleen maar naar Amadou te staren. Ik gaf hem een duw. Doe iets, zeg iets!

Toen gebeurde het wonder. Amadou kwam overeind. Hij grijnsde op die typische Amadou-manier. Ik begon heel raar en hard te lachen, stompte Pascal nog eens in zijn zij. Kijk nou, Amadou leeft. Niets aan de hand. Alles is weer goed, of niet soms?

Maar toen greep Amadou naar zijn middel en ik voelde een schok door Pascal heen gaan.

'Mijn grigri...'

Iemand begon te gillen. Waar was de persoonlijke amulet van Amadou gebleven? Zijn grigri met al zijn geluk erin? Op de grond lag alleen nog het koordje, duidelijk stukgesneden. Maar de kralen, het schedeltje en het leren pakketje waren weg.

'Ze willen me dood hebben,' jammerde Amadou.

'Dood?' vroeg ik, omdat ik dacht dat ik het misschien niet goed had vertaan.

Pascal was lijkbleek geworden. 'Ja, als je iemands grigri weghaalt...dan kunnen alle slechte geesten zomaar binnenkomen.'

'Echt?'

Ik staarde naar hem en toen naar Amadou die nog steeds verbijsterd naar het kapotte touwtje stond te kijken. Welke gek doet zoiets? En waarom?

Drie weken eerder

We kwamen aan op een piepklein vliegveld in Afrika. Mijn spijkerbroek kleefde aan mijn benen terwijl ik de vliegtuig-trap af liep.

Mijn ouders waren hier om een nieuwe reisgids te schrij-ven: *Luisteren naar de oude geesten in Senegal*. Het moest een bestseller in de *Snoek*-reeks worden. Nu alleen nog even die oude geesten vinden.

'Gaat u ook naar de Diola?' vroeg mijn vader aan de enige andere Nederlander. Diola is de naam van een volk dat midden in het oerwoud woont.

De man vertelde dat hij stond te wachten op een pakje uit Nederland.

We begonnen onze koffers te verslepen naar een zwarte Landrover waarop de naam *Hippo Bar* stond. Achter ons hoor-den we de Nederlandse man plotseling heel hard vloeken. 'Schiet toch op!' snauwde hij tegen de douanemannen.

Ik draaide me om. 'Misschien willen ze geld?' zei ik, want dat is wel vaker zo in Afrika.

'Ja, natuurlijk willen ze geld, maar ik heb al meer dan genoeg betaald om deze medicijnen het land in te krijgen.'

'Medicijnen?' Ik dacht slim te zijn. 'Bent u een dokter?'

'Nee zeg.' De man schoot in de lach. Hij zag er eigenlijk best aardig uit. 'Justin Buurman. Tandarts.'

Ik schudde zijn hand.

'Isabel Snoek. Tandarts?'

'Van die leuke reisgidsen? *Zwemmen met dolfijnen in Israël*?'

Ik wees naar mijn ouders. 'Daar staan de reisgidsen. Hoezo tandarts?'

'Ik zal het je zo laten zien, als we buiten zijn.'

Het was echt ongelooflijk. Justin Buurman had een vracht-
wagentje dat vanbinnen helemaal was omgebouwd tot spier-
witte tandartskamer. Er stond zo'n stoel en een kastje met
allerlei enge tandartsdingen. Hij legde uit dat hij met zijn
wagen door Afrika reisde om zo veel mogelijk kinderen te helpen.

Mijn ouders kwamen ook kijken.

'Wat een goed idee,' zei mijn vader en hij begon een gesprek
met de tandarts alsof ze al jaren vrienden waren. Zoiets lukt
mij dus nooit. Mijn vader is echt kampioen in gezellig kletsen
met wildvreemden. En ja hoor: even later reed de tandarts –
met zijn pakje – achter ons aan om ook in de Hippo Bar te
gaan slapen.

Dit was het echte oerwoud! Zo'n oerwoud dat over je heen valt
als een vochtige deken. Alles was groen, knisperend groen. De
wereld hier was overgenomen door reusachtige wuivende
planten. Er was nauwelijks een weg te zien tussen al die bladeren en stengels en varens.

We reden langzaam, al te grote kuilen in de weg vermij-
dend. Ik leunde uit het raampje van de Landrover. Een warme
geur als in een tuincentrum woei in mijn gezicht. Ik snoof en
snoof, tot ik er duizelig van werd. En dan te bedenken dat ik
vanmorgen nog gewoon in dat grijze, geurloze Nederland
was!

Ineens hield de weg op en er was een rond hutje in het groen
waar mensen zaten te eten. Het was zo stil dat je de vorken op
de borden hoorde tikken.

Dat was dus de Hippo Bar.

'Zeg eens gedag, Isabel.'

'Bonsoir,' mompelde ik.

Een jongen, ongeveer even oud als ik, keek verrast op. Hij
had pikzwarte ogen met lang haar ervoor. Snel streek hij het
naar achteren.

'Kom je ook uit Frankrijk?' vroeg hij in het Frans.

'Nee, maar ik reis nogal veel.'

Dat ik, behalve Frans, ook nog Engels, Spaans en een klein beetje Portugees en Swahili kan spreken, zei ik maar niet.

'Ik woon hier,' zei de jongen.

'Hier?'

'Mijn ouders zijn de baas van de Hippo Bar.'

'O ja. Ben je helemaal alleen?'

'Ik heb geen broers of zusjes, nee. Jij?'

Ik schudde mijn hoofd.

'Dus jij zit ook de hele dag met je ouders opgescheept,' constateerde hij.

Ik lachte.

'Hoe heet je?' vroeg hij en toen herhaalde hij mijn naam heel mooi op zijn Frans.

'Dag Iza Belle. Ik ben Pascal.'

Toen gingen we eten en daarna slapen, want het was al heel laat.

Toch lag ik nog best lang wakker. Ons slaaphutje had twee kamers en naast me hoorde ik gemompel van mijn vader en het muziekje van een opstartende computer.

Buiten klonken weer heel andere geluiden. Een keihard krijsende vogel, een brullende leeuw. 'Welnee,' zei ik streng tegen mezelf, 'er zijn hier helemaal geen leeuwen.' Maar wat brulde er dan zo?

Er was ook een vreselijk irritant gezoem, vast malariamuggen. Ik trok mijn muskietennet nog wat steviger aan.

Voor de zekerheid hield ik mijn hand stevig op mijn zaklantaarn en gluurde de kleine kamer in. Op de grond: mijn lievelingskoffer. Op het scheve tafeltje naast mijn bed: een fles water en het grote notitieboek dat ik voor deze reis van oma Lila had gekregen. De bladzijden zijn goud aan de zijkant en op de voorkant staat een stippellijn waar je een titel op kan zetten.

'Dat hoofdje van jou zit zo vol, schrijf nóu eens op wat je allemaal meemaakt,' had oma Lila gezegd.

Ik ben dol op mijn oma!

Krrr... Liep daar geen kakkerlak? En wat was dat voor reusachtige spin tegen de rieten muur? Ineens werd ik bang: dat bos was gewoon overal! En die hutjes waren klein en dun als een tent. Er konden makkelijk slangen binnenkomen, of enge reuzentorren. Mijn hart begon te bonken. En hier moesten we zes weken blijven... Wat als ik ziek werd? Of mijn ouders? Je was dood voor je eindelijk bij een ziekenhuis was.

Het schrift van oma Lila glansde naar me. *Schrijf nou eens op wat je allemaal meemaakt.*

Misschien hielp het. Kon ik de rare en enge dingen van mijn leven opschrijven zodat het een verhaal werd: over de tandarts met zijn pakje, de kleine hutjes in het grote oerwoud, en over Pascal die hier zomaar woonde.

Pascal.

Als je niet in de schoolvakanties reist, zoals wij, zit je meestal tussen de oude mensen en de baby's. Daarom weet ik nog dat ik dacht dat het leuk was dat Pascal er was. Het leek me... gewoon, gezellig.

De jungle van Amadou

Die eerste nacht bedachten mijn ouders iets nieuws: ik moest voortaan meehelpen met de reisgidsen.

'Jij kunt zulke mooie foto's maken, Isabel,' zei mijn vader tijdens het ontbijt in de Hippo Bar. 'Met die camera die je voor je verjaardag hebt gekregen zijn ze goed genoeg om in de gids te plaatsen.'

Ze keken mij vol verwachting aan. Zelf vonden ze het duidelijk een erg goed plan. Er zat vast iets achter, misschien dat ik iets moest leren over samenwerken of zo.

'Oké.' Ik wilde het wel proberen. Maar geen gezeur over dat het zo'n leuk familieproject was, die gidsen, zei ik er meteen bij.

Ze knikten ernstig en ik ging naar Pascal toe om te vragen of hij mij de omgeving wilde laten zien.

'Ik moet namelijk foto's maken,' zei ik.

Pascal dacht even na. 'We kunnen gaan varen,' zei hij.

'Is hier dan een boot?'

'Amadou heeft een boot.'

'Amadou?'

Pascal greep mijn arm. 'Kom maar mee.'

We liepen over een felgroen grasveld.

'Rijst,' wees Pascal.

'Waar?'

'Dat groeit hier.'

'O, ja.' Ik dacht altijd dat rijst werd gebakken, net als spaghetti. Maar het groeit in de grond, als een soort rijstgras. Weer wat geleerd.

Achter het rijstveld doemde het oerwoud alweer op, als een hoge groene muur. We duwden de varens opzij en nu kwamen we een reusachtig groen paleis binnen.

Het was er klam en schemerig, met overal schitterende lichtvlekjes. Lange slierten hingen van de groene zoldering naar beneden, als dode slangen. En het was stil. Zo stil dat je de bomen bijna kon horen groeien, als bij een te snel afgespeelde natuurfilm. Heel griezelig.

Toch was ik niet echt bang, want het was dag. En Pascal was er, die kende dat oerwoud natuurlijk door en door.

Plotseling was er licht, een open plek en daar lag een donkergroene rivier met een gammel bootje erin.

Pascal deed een uil na.

'Oehoe,' klonk het uit een boom, nog veel uiliger.

Een pikzwarte jongen, bijna kaal en bijna bloot, gluurde tussen de takken door.

'Iza Belle, dit is mijn vriend Amadou. Zijn vader werkt ook in de Hippo Bar.'

'*Merde*,' zei Amadou, wat zoiets betekent als *shit* maar dan in het Frans. De tak waar hij op zat, brak krakend af en hij gleed met een noodvaart naar beneden. Toen stonden we recht tegenover elkaar.

Amadou was iets groter dan ik (dat is niet zo moeilijk want ik ben superklein voor mijn leeftijd) en om zijn middel droeg hij een spannend soort ketting met kralen en een schedeltje eraan. Zijn ogen flitsten brutaal over mij heen en keken toen vragend naar Pascal.

'Iza Belle moet foto's maken. Mogen we met je boot?'

Amadou keek nog steeds naar mij en toen begon hij enorm te grijnzen. Hij raakte even mijn blonde piekhaar aan en knikte goedkeurend.

'Stap maar in.'

De jongens pakten allebei een roeispaan en ik sprong onhandig aan boord.

'Voorzichtig,' zei Pascal, maar Amadou begon juist heel hard te schommelen zodat overal water op spetterde. Zelfs mijn gezicht werd nat. Het water smaakte een beetje zoutig.

We voeren door smalle riviertjes en het was alsof alles betoverd was. De wortels van bomen slingerden door het water. Miljoenen kleine blaadjes ritselden.

Pascal zei: 'Kijk, de oesters zijn bijna rijp.'

'Oesters?'

'Ja, daar onderaan die boomwortels.'

Ik zag een soort vieze schelpjes. 'Gaan jullie die éten?'

Pascal schudde zijn hoofd, maar Amadou zei: 'Ja, lekker. Je moet ze bakken met knoflook.'

'Toch niet nu. In deze tijd van het jaar zijn ze hartstikke giftig.'

Amadou zei iets wat klonk als: 'Oeroeboeroe.'

Pascal begon te ratelen in een van de vreemdste talen die ik ooit gehoord heb. Het duurde nogal lang dus ik begon maar een beetje met mijn camera te klooien.

Gelukkig zei Pascal na een tijdje: 'Sorry Iza Belle, jij verstaat natuurlijk geen Diola.'

'Was dat Diolataal? Waar heb je dat geleerd?'

'Van Amadou natuurlijk.'

Dus Amadou was een echte Diola!

'Mag ik een foto van je maken?' vroeg ik verlegen.

Amadou begon meteen heel overdreven te poseren en het werden heel grappige foto's.

Amadou kijkt scheel.

Amadou valt bijna in het water.

Amadou hangt scheef met een been omhoog.

Amadou valt in het water.

Toen we weer opgedroogd waren, zei Pascal: 'Je moet eigenlijk ook een paar djembés fotograferen. Dat hoort bij Senegal.'

Djembés zijn houten trommels met een dierenvel erop. Pascal had er een aantal op zijn kamer staan, dus voeren we weer terug. Zijn huis lag vlak bij het hutje van Amadou. Pascal klom door het raam zijn kamer in en Amadou ook. Het was duidelijk dat ze dat vaker deden.

Ik probeerde te doen alsof ik wel vaker op jongenskamers

kwam, maar ondertussen keek ik mijn ogen uit. In het midden hing een hangmat en er stond een cd-speler met heel veel cd's ernaast. Ik bukte me om te zien wat voor muziek het was, maar Pascal deed snel de deur van het kastje dicht en ik voelde me een veel te nieuwsgierige sukkel.

Ik draaide me snel om en wees op een paar Diola-kettingen en maskers met kraaltjes die aan de muur hingen: 'Hoe kom je daaraan?'

'Deze ketting heb ik gekregen van de vrouw die de baas is van het Heilige Bos. Hij brengt geluk. En deze maskers hebben we gedragen bij het feest toen Amadous kleine zusje was geboren. Dat is om de boze geesten af te schrikken.'

'Doe 's op.'

Ik begon te giechelen toen er ineens twee gemaskerde indianen voor me stonden.

'Niet lachen om de geesten,' zei een van de indianen beledigd.

Daarna maakte ik nog een foto van de djembé, de bougarabou en nog wat andere trommels die er stonden en waarvan ik de naam meteen vergat.

Het duurde niet lang of Amadou en Pascal zaten te drummen. Ik maakte nog een paar foto's en toen ging ik weg. Ik kan niet drummen. Ook niet dansen trouwens.

Die eerste week in de Hippo Bar was ik alleen maar in het oerwoud te vinden. Terwijl mijn ouders zo veel mogelijk Diola-informatie verzamelden, ging ik met Pascal en Amadou op verkenning.

Amadou ging meestal voorop met zijn stok, want hij wist waar de slangen zaten en de termietenheuvels. Ik leerde de verschillende vogelgeluiden te herkennen: het plotselinge schreeuwen van de papegaai en het 'plop plop' van de vogel die klonk als een waterdruppel die in een doodstil meer valt. We aten vruchten uit de bomen, die ze apenfruit noemden. Het smaakte zurig en er zat een grote pit in.

Op een keer zag ik een klein diertje op een steen zitten. 'Wat is dat? Een salamander?'

'Nee, een gekko. Die kan heel hard schreeuwen.'

'Dat kleine beestje?'

'Echt waar, het gaat door merg en been.'

Ongelovig boog ik voorover. 'Ik hoor niks.'

'Nee, nu niet, nu schijnt de zon. Wacht maar. Als de gekko schreeuwt, is er heel zwaar weer op komst.'

Pascal gooide een steentje, maar de gekko bleef rustig zitten en gaf geen kik.

'Jammer.'

'Het is een rotgeluid, hoor. Als je het eenmaal gehoord hebt, vergeet je het nooit meer.'

Een andere keer zei Amadou: 'Nu laat ik je mijn lievelingsplek zien.'

Hij nam ons mee naar een enorme baobab, die midden in het bos stond.

'Wow, die boom is oud,' zei ik.

'Wel duizend jaar,' zei Pascal, 'het is een heilige boom.'

'Echt?'

Amadou ging op de grond zitten, met zijn rug tegen de stam. Hij was veel ernstiger dan anders.

'Hier ga ik altijd naartoe als ik vrolijk ben, of boos. Of ik zit hier gewoon een tijdje naar het bos te luisteren.'

'Hier worden ook rituelen voor de geesten gehouden,' vertelde Pascal en Amadou sprong meteen op als een duiveltje.

'Hier liggen... de doden!' riep hij uit.

Ik lachte, maar Pascal zei: 'Echt waar.'

'Waar dan?'

Ik dacht dat ze iets zouden gaan zeggen over geesten van overledenen die in deze boom waren gekropen, maar toen haalde Amadou uit de holle stam een schedel tevoorschijn.

'Gadver, wat is dat?'

'Vroeger begroeven ze hier de verhalenvertellers,' zei Pascal.

'Er liggen wel honderd lijken,' zei Amadou en begon te voetballen met de schedel.

'Hou op, joh,' zei Pascal.

'Gebeurt dat nog steeds?'

'Begraven in de boom? Nee, dat mag niet meer. Zelfs griots moeten worden begraven op een echte begraafplaats.'

'Griots?'

'Verhalenvertellers.'

'Maar die oude lijken liggen hier nog steeds te rotten,' zei Amadou.

Ik griezelde en dat was natuurlijk precies de bedoeling.

Bukut

Er was geen elektriciteit in de Hippo Bar. Overdag wel, dan hadden ze zonne-energie. Maar 's avonds staken ze overal van die olielampjes aan.

Op een avond in de tweede week kwam Pascal langs mijn hut slenteren. Hij had net een fles cola gehaald in de keuken. Dat deed hij wel vaker.

Mijn moeder was al naar bed, die had buikpijn. Voor iemand die zo vaak reist als zij, kan ze verbazend slecht tegen vreemd eten. Mijn vader zat binnen nog wat te werken.

Ikzelf zat in een fijne schommelstoel doof te worden van de krekels. Naast me lag mijn camera, ik had de meeste foto's van die dag weggegooid en een paar andere een beetje bewerkt. Ik begon me net te vervelen toen Pascal vroeg of ik zin had in cola.

Ik hou niet van cola, maar ik knikte.

'Waar is Amadou?'

Pascal ging op de rand van de veranda zitten en haalde zijn schouders op. 'In het dorp, denk ik. Dat weet je nooit.'

'Vermoeiend.'

'Ach, je went eraan.'

Ik keek hem aan. 'Je bent nogal dol op hem, hè?'

'We zijn samen opgegroeid.'

'Als broers.'

'Ja, vaak kwamen we de hele dag het bos niet uit.'

'Tarzan,' mompelde ik.

Pascal keek me verwijtend aan: 'Ik dacht dat jij dat soort dingen wel zou begrijpen. Amadou is mijn vriend.'

Ik begon gauw zelf wat te vertellen. Over mijn nichtje Cleo en dat ik er heel vaak niet ben als er iets belangrijks is, bijvoorbeeld haar verjaardag.

'Of een feest van school,' zei Pascal.

'Ik ga niet eens naar een echte school.'

'Ik ook niet.'

'Ik moet elke maand mijn schoolwerk opsturen naar de Wereldschool en dan kijkt mijn juf in Amerika het na.'

'Mijn leraar woont in Frankrijk.'

We keken elkaar lachend aan.

'Maar jij hebt Amadou,' zei ik toen, 'die is altijd bij je. Cleo en ik spreken elkaar vaak weken alleen maar via mails.'

'Ja...' zei Pascal.

Het klonk een beetje verdrietig.

'Wat is er?'

En toen vertelde hij over iets wat 'bukut' heet. Het allerbelangrijkste Diolafeest. Zijn hele verhaal kon zo in de nieuwste reisgids: 'Als Diola-jongens een jaar of twaalf zijn, wordt het tijd voor de bukut, dat betekent inwijding. Daarna zijn ze geen jongen meer, maar man. Zo'n inwijding gebeurt maar eens in de tien jaar en van alle dorpjes komen de jongens bij elkaar. Hun moeders zijn dagen aan het bakken en er wordt een geit of een koe geslacht. Er is een groot feest en dan gaan de jongens twee maanden het Heilige Bos in. Daar leren ze alles wat een Diola-man moet weten.'

'Wat dan?' vroeg ik nieuwsgierig, maar Pascal zei dat dat nou juist geheim was.

'Amadou heeft het toch wel verteld?'

'Het is heel zwaar. Ze leren vechten. En ze leren de taal van de tamtam. Ik denk dat ze ook een speciale drank drinken waardoor ze in de toekomst kunnen kijken.'

Ik lachte, maar Pascal zei: 'Jij snapt de Diola nog niet. Die geloven in krachten die veel sterker zijn dan wij.'

'Geloof jij dat ook?'

Pascal keek me ernstig aan. 'Ik moet wel. Het werkt echt. De baas van het bos heet Charlotte. Ze is de tante van onze kok. Ik heb gezien hoe ze kinderen beter maakte die eerst heel erg ziek waren. Dat kwam door slechte geesten en die stuurde zij weg.'

Hij vertelde dat Amadou deze zomer eindelijk was ingewijd. Amadou had de weken ervoor over niets anders gepraat en toen hij terugkwam uit het Heilige Bos, was hij vreselijk trots.

'Abbe, dat is de kok, zei dat hij nu helemaal onuitstaanbaar is geworden,' grinnikte Pascal.

'En jij?'

'Wat bedoel je?'

'Wanneer word jij ingewijd?'

'Ik word niet ingewijd. Ik ben geen Diola.'

'Maar je zei net dat je als een Diola was opgegroeid. En dat Amadou je broer is.'

Pascal zette de colafles aan zijn mond en nam een grote slok. 'Ik ben geen Diola,' herhaalde hij.

'O,' zei ik, 'dan leer je al die dingen toch gewoon van Amadou.'

Pascal schudde zijn hoofd. 'De bukut is geheim, dat zei ik toch.'

Sinds die inwijding was Amadou ineens niet meer zo'n goede vriend, vertrouwde Pascal me toe. Hij had andere jongens leren kennen in het Heilige Bos, vrienden die ook waren ingewijd. Daardoor was hij minder vaak in de Hippo Bar. En als hij er was, zei hij allemaal stomme dingen.

'Wat voor dingen?'

Pascal haalde zijn schouders op.

'Ik begrijp het,' zei ik en ik hoorde zelf hoe moederachtig het klonk.

'Nee,' zei Pascal, 'maar het is lief dat je naar me wilde luisteren, Iza Belle.'

Ik bloosde een beetje, gelukkig was het donker. Samen zaten we even onbeweeglijk in het nu suizelend stille oerwoud. Toen drukte Pascal de colafles in mijn handen en net zo plotseling als hij gekomen was, ging hij ook weer weg.

En ineens was dat bos alleen nog maar groot en donker om mij heen.

Ik ging gauw naar binnen. Ik was trots dat Pascal me in vertrouwen had genomen, maar het maakte me ook een beetje zenuwachtig.

Er was een kleine spiegel in mijn kamer en ik moest heel ingewikkeld omdraaien om mezelf te kunnen zien. Wat ik zag was:

Dat mijn schouderbladen knokig uitstaken op mijn rug.

Dat mijn haar slap was en mijn neus verveld.

Dat mijn gezicht er altijd hetzelfde uitzag, hoe ik ook keek (ik kreeg nog steeds geen rimpel in mijn voorhoofd als ik verbaasd keek).

Dat mijn benen te kort waren voor mijn lijf.

Na een tijdje trok ik het T-shirt van mijn vader aan dat ik als pyjama gebruik en ging in bed de *Donald Duck* liggen lezen. Kwik, Kwek en Kwak waren de hele tijd duistere mysteries aan het oplossen en sporen aan het volgen, alsof niet allang duidelijk was dat Zwarte Magica het had gedaan.

En ondertussen moest ik steeds aan Pascal denken.

Zilveren regen

Cleo is altijd verliefd, ik nooit. Soms vind ik een jongen wel leuk. Maar verliefd... hoe weet je dat?

Ik heb het wel eens aan mijn ouders gevraagd. Mijn vader begon meteen over roze wolken en een blikseminslag en een of ander pianoconcert. Daarbij keek hij de hele tijd stralend naar mijn moeder.

Mijn moeder lachte niet terug. 'Geloof me, Isabel, als je echt verliefd bent, dan weet je het wel. Het is net een tropisch wormpje dat langzaam maar zeker al je ingewanden weg-vreet. Er is geen enkele remedie, want die worm is als eitje onopgemerkt je huid binnengedrongen. Als het pijn gaat doen, ben je al te laat.'

Het was de ochtend nadat Pascal mij had verteld over de bukut van Amadou. Ik kwam mijn hut uit en op de hoek bot-ste ik net niet tegen Pascal op. Hij schrok en lachte, ik schrok en lachte. Zijn hand raakte mijn arm en ik rook aan zijn adem dat hij net koffie had gedronken. Ik ken geen ander kind dan ikzelf dat koffie drinkt bij het ontbijt. En ineens was alles ver-anderd.

Blikseminslag!

Mijn oma heeft zo'n sneeuwbol. Erin staan een prinses en een prins met een paard tussen hen in. Heel tuttig. Maar als je aan die bol schudt, komt er een zilveren regen tevoorschijn. Die dwarrelt om die prins en prinses heen en dan wordt alles toverachtig.

Hoe het gebeurde snap ik nog steeds niet, maar het leek alsof Pascal en ik ineens midden in zo'n sneeuwbol stonden. De muren, de vloer, alles bewoog. En daarna kwam de zilve-ren regen. Ik zag Pascal door een fonkelend waas, en toch ook heel duidelijk. Zijn iets te lange zwarte haar, zijn lichtbruine huid, die heel glad was, nog geen pukkeltje te bekennen. Zijn ogen die helemaal zwart waren.

Zo stonden we een tijdje dom naar elkaar te kijken. Ik wist echt niets te zeggen. Ik wist alleen dat ik enorme zin had in koffie. En ondertussen klopte mijn hart drie keer zo hard en gleed het zweet over mijn rug. Pascal keek me maar zo'n beetje lachend aan. En daarvan werd ik zo blij alsof ik net had gehoord dat ik honderdduizend euro had gewonnen.

Ik weet niet hoe lang we zo zouden zijn blijven staan, misschien wel voor altijd. Maar er kwamen een heleboel mensen aan. Mijn ouders bijvoorbeeld, die zeiden: 'Kom je mee ontbijten, Isabel?' En de vader van Amadou die aan Pascal vroeg of hij wist waar Amadou was.

Ik dacht dat iedereen het aan ons zou zien, omdat ik nog steeds die zilveren regen zag. Maar mijn ouders deden heel gewoon. Net als altijd ging ik ontbijten, maar toch was alles anders. Ik had een geweldig binnenpretje.

Steeds als we elkaar tegenkwamen – en dat gebeurde ook de hele tijd – wist ik dat Pascal dat binnenpretje ook had (stom woord eigenlijk). Ik ging naar mijn kamer om even bij te komen. Maar ik liep er meteen weer uit omdat ik HEM wilde zien. En als ik hem zag, wist ik niks te zeggen en ging er snel vandoor.

Dat ging zo de hele dag door. En net toen ik dacht dat ik helemaal gek zou worden van al dat onrustige gedoe, zei Pascal ineens: 'Kom mee Iza Belle, dan laat ik je mijn muziek horen.'

We gingen naar zijn kamer en hij maakte zijn cd-kastje open. Daarin lagen bijna alleen maar oude cd's met Franse liefdesliedjes. Van die muziek waar Cleo waarschijnlijk van zou moeten kotsen en ik normaal ook.

Maar nu vond ik het ineens heel mooi.

We gingen in de hangmat liggen, heel dicht tegen elkaar, en luisterden zonder iets te zeggen naar Franse zangers die zongen over *l'amour* en *toujours*.

En het was helemaal goed.

We bleven dagenlang in die hangmat liggen. Niet echt natuurlijk, maar zo voelde het. Elke ochtend na het ontbijt doken we Pascals kamer in, voordat mensen vervelende vragen zouden gaan stellen. En in plaats van schoolboeken bestudeerde ik nu Pascal: hoe hij rook, hoe hij keek, welke grapjes hij leuk vond.

Hij liet me zijn grigri zien: een soort veter, die om zijn heupen was gebonden met daaraan een schelp, een zwarte kraal en een plat pakketje van leer. Ik liet mijn vingers erlangs gaan en Pascal keek met me mee.

'De schelp is voor geluk. En dit is de vrucht van een boom die hier groeit. Die is voor gezondheid.'

'En dit?' Ik deed mijn vingers om het leren pakketje en zag hoe er kippenvel kwam op Pascals blote buik. Daarom liet ik mijn hand nog wat langer liggen.

'Dat is het belangrijkste. Dat is mijn persoonlijke amulet.'

'Wat zit erin?'

'Een stukje heilige tekst, speciaal voor mij door de maraboet uitgezocht.'

De maraboet, wist ik inmiddels, was een man in een lange witte jurk, die heel belangrijk was. Bijna net zo belangrijk als de vrouw van het Heilige Bos, Charlotte. Soms kwam de maraboet naar het hotel en dan deden zelfs de ouders van Pascal extra beleefd en boden hem een drankje aan.

Ik hield nog steeds het leren pakketje vast. 'Dus dit doe je nooit af?'

'Nooit.'

'Zelfs niet onder de douche?'

'Dit blijft mijn hele leven bij me.'

'Hebben je ouders er ook een?'

Pascal lachte. 'Welnee, die weten maar half wat het betekent.'

'Maar je mag wel van ze naar de maraboet gaan?'

'Ze zijn allang blij als ik ze niet voor de voeten loop.'

Ik keek hem meelevend aan – dacht ik – maar toen zei hij:

'Kijk niet zo, Iza Belle. En haal die hand van mijn buik, het kietelt.'

'O ja, kietelt het?'

'Ja!'

'Dit ook?'

'Hm.'

'En dit?'

'Hou op! Of ik kietel je terug, hoor...'

Een andere keer vertelde ik hem hoe vreselijk het was om altijd maar dat lieve meisje te zijn.

'Heel lang geleden was ik een dikke, kale baby,' zei ik, 'maar toen ik een kleuter werd, was ik klein. En dat bleef ik.'

'Net als je moeder.'

'Maar zonder haar donkere haar en ogen. Dat dunne haar en die lichtblauwe ogen heb ik van mijn vader. En die sproeten maken het allemaal nog erger. Zolang ik me kan herinneren hoor ik al datzelfde woord: schattig. Wat een schattig meisje, wat een lief kind, wat een snoesje...'

Pascal lachte. 'Je sproetjes zijn inderdaad erg... schattig.'

'Hou op. Weet je, het gaat maar niet over. Ook al draag ik de stoerste jeans, ook al ben ik aan het paragliden of aan het diepzeeduiken en van top tot teen gehuld in een wetsuit, mensen vinden mij altijd schattig.'

'Ik vind je helemaal niet schattig,' zei Pascal.

Ik keek hem aan om te zien of hij een grapje maakte, maar dat was niet zo. 'Ik vind je wel mooi hoor, Iza Belle, en ik vind je haar ook mooi, maar ik vind je niet schattig.'

'Wat dan wel?'

Ik schrok van mijn eigen vraag.

Pascal keek me een tijdje doordringend aan en zei toen langzaam: 'Ik vind je leuk omdat je slim bent. Omdat je foto's maakt en stoere dingen doet zoals diepzeeduiken. Omdat je precies doet wat jij wilt.'

Toen werd ik zo verlegen dat ik het liefst weg wilde gaan.

Snel zei ik: 'Toch denk ik dat ik mezelf ga kaalscheren en een paar vette piercings neem.'

'Doe dat,' zei Pascal. En ook dat meende hij.

Die eerste dagen liep ik alleen maar door de zilveren regen. Alles was mooi en toverachtig.

'Wat een fantastische plek, hè?' zei mijn vader.

Mijn moeder keek me onderzoekend aan, maar ze zei gelukkig niks. Ik denk dat zij het wel zag. Dat kon bijna niet anders. Zelfs het kleine zusje van Amadou legde steeds mijn hand in die van Pascal als ze ons samen zag.

Aan het eind van de week gebeurde er iets vreemds. Ik liep met Amadou en Pascal in het oerwoud en plotseling werd ik doodsbang. Terwijl die jongens gewoon bij me waren! Ik weet niet waarom, maar ik wist gewoon: er gaat hier straks iets helemaal fout. De bomen, de planten, zelfs de blaadjes op de grond, het was alsof het hele oerwoud zijn adem inhield voor iets vreselijks.

'Wat is er, Iza Belle?' vroeg Pascal.

Een of ander beest dook krijsend op uit de struiken en ik kromp in elkaar.

'Niet bang zijn, het is maar een vogel.'

Pascal sloeg lachend zijn arm om me heen en ik glimlachte geruststellend terug, hoopte ik.

Maar Amadou zei niks. En niet veel later bracht hij ons terug naar de Hippo Bar, hoewel we eigenlijk de hele dag weg zouden blijven.

Het gestolen amulet

Er kwamen meer gasten in de Hippo Bar en één ervan was Vienna.

Vienna! De beroemde zangeres met de rode haren kwam, helemaal in stijl, met een privévliegtuig uit Engeland, samen met haar assistente Liz.

Wat baalde ik nu dat er geen internetverbinding was in de Hippo Bar! Want als Cleo zou horen dat Vienna hier was, zou ze gek worden van jaloezie. Al weken heeft ze het refrein van de *Rainbow Rap* als ringtone op haar mobieltje staan. En toen Vienna het songfestival nét niet gewonnen had, moest Cleo huilen – en zij was echt niet de enige.

'Maar wat moet Vienna nou hier, in de Hippo Bar?' vroeg ik aan Pascal.

'Hoe bedoel je?'

'Er is hier geen internet, geen tv, geen schoonheidssalon. Zelfs geen bereik voor mobiele telefoons.'

'En precies dat is zo fijn voor Vienna,' zei haar assistente Liz toen ze dat hoorde. 'Hier kan Vienna eindelijk eens helemaal tot rust komen.'

Liz zelf zag eruit alsof ze ook wel wat rust kon gebruiken. Haar ogen waren rood en ze knipperde er de hele tijd zenuwachtig mee. Toch vonden we haar aardig. Net zoals we Justin Buurman aardig vonden: een rustig en betrouwbaar persoon, waar je verder geen last van hebt.

Sinds bekend was geworden dat er een tandarts was, had hij veel klanten gekregen: elke ochtend stonden er moeders met bange kindjes voor de witte vrachtwagenbus te wachten.

Ook Amadou moest er, na bijna drie weken, aan geloven. Eerst vond hij alles grappig en hij wilde op alle knopjes drukken en kijken wat er dan gebeurde. Stoel omhoog, stoel omlaag, water in de wasbak, boortje aan. Hij bekeek zichzelf in het piepkleine spiegeltje en lachte.

Toen moest hij zijn mond opendoen en Justin scheen naar binnen met een klein lampje. Hij blies wat met een schoonmaakding en toen vond Amadou het al minder leuk. Hij wilde omhoog komen, maar Justin drukte hem terug.

'Ik zie daar twee gaatjes, die zullen we meteen even vullen.'

Amadou brulde onverstaanbare geluiden met zijn mond open. Hij schudde woest van nee.

'Wees maar blij dat je nog geen kiespijn hebt,' zei Justin, 'ik zal je mond eerst verdoven.'

Toen Amadou de spuit zag, wilde hij er helemaal vandoor gaan.

'Amadou!' Pascal hield hem tegen. 'Het is helemaal niet eng. Laat Justin je nou helpen.'

Maar Amadou klapte zijn kaken stijf op elkaar.

Pascal en ik deden ons best om hem om te praten. Het duurde eeuwen en toen was er nog maar één gaatje gevuld. Al die tijd bleef Justin rustig en vriendelijk, ik had echt bewondering voor hem.

Vooral toen daarna het zusje van Amadou in de stoel moest en ook al zo'n kabaal maakte. Seleka heet ze en ze kon nog niet eens praten. Maar gillen kon ze wel.

'Zal ik het eens proberen?' vroeg ik en ik klom in de stoel.

'Kijk Seleka, kom maar op mijn schoot.'

Justin vond het goed en het lukte mij zomaar om dat meisje stil te krijgen. Terwijl Justin bezig was, stak ik mijn neus in Seleka's kroeshaartjes. Ze rook lekker zoetig.

'En nu dat andere gaatje van jou?' zei Justin monter tegen Amadou.

Amadou schudde zijn hoofd. 'Een andere keer.'

'Doe niet zo kinderachtig,' zei Pascal.

Fel keek Amadou hem aan. 'Kinderachtig? Ik heb heel wat ergere dingen meegemaakt in het Heilige Bos. Dingen die jij je niet eens kan voorstellen.'

Ik zag Pascal wit wegtrekken en pakte zijn hand.

Dat maakte het alleen maar erger, want Amadou zei spottend: 'Ja hoor, laat je maar troosten door een meisje. *Toebab!*'

Toebab betekent witte. Het is niet echt een scheldwoord, maar Pascal trok zich los alsof dat wel zo was en rende ervandoor. Amadou haalde zijn schouders op en liep de andere kant op met Seleka.

De tandarts en ik keken ze na. Ik keek naar Pascal, hij naar Amadou.

Toen zei hij opgewekt: 'Niks zo heerlijk als een kindergebit redden!'

Echt een enorm stomme opmerking!

De volgende morgen was Amadou weg. Dat was op zich niet raar, hij stond vaak heel vroeg op. Maar toen er na een paar uur nog geen spoor van hem was, werd zijn vader bezorgd.

'Waar zou hij kunnen zijn?' vroeg ik aan Pascal.

Pascal was nog steeds boos. 'Die komt wel weer terug.'

Maar nog een uur later was ook hij ongerust.

'Niet bij zijn vrienden. Niet in het dorp. Niet weg met de boot,' zei de vader van Amadou ongelukkig.

'Dan moet hij dus in het bos zijn.'

'Wil jij kijken?'

Pascal knikte.

'Ik ga mee!'

Pascal schudde zijn hoofd. 'Ik ben sneller zonder jou, Iza Belle.'

'Ik kan ook klimmen, hoor. En hardlopen.'

Maar Pascal wilde per se alleen op zoek en ik bleef beledigd achter.

Net toen ze de politie wilden gaan bellen, kwam Pascal terug. Al vanuit de verte kon je zien dat er iets mis was.

'Bij de baobab!' schreeuwde Pascal. 'Vlug, ik kan hem niet tillen.'

'We pakken de Landrover.'

Amadous vader ging natuurlijk mee en Abbe, de gekke kok van de Hippo Bar, zat achter het stuur. Het ging niet snel, want we moesten dwars door het oerwoud rijden en denk maar niet dat daar een pad was.

De auto hing af en toe zo scheef dat ik zeker wist dat we om zouden vallen. Ook stapten ze steeds uit om omgevallen bomen opzij te slepen en met een groot mes takken weg te hakken. Soms reden we er gewoon overheen en dan stootte ik mijn hoofd hard tegen het dak. Grote bladeren sloegen tegen het raam.

Ineens herkende ik het. De baobab van de dode verhalen-vertellers. Natuurlijk! Had Amadou niet gezegd dat hij hier vaak naartoe ging als hij alleen wilde zijn?

Ik sprong meteen uit de auto.

'Isabel, wacht!'

Even later zagen we hoe Amadou daar lag, zijn grigri kapot en de kralen verdwenen.

De kok begon meteen keihard en hoog te gillen als een meisje. Ik zei toch dat hij gek was!

Ik keek naar Pascal, maar die stond daar maar als een standbeeld.

Toen knielde ik neer bij Amadou: 'Wat is er gebeurd?' vroeg ik.

Amadou keek enorm slaperig om zich heen. 'Dat weet ik niet. Gek hè? Ik weet alleen nog dat ik misselijk was gister-avond, en dat ik het bos in ging. Daarna niks meer.'

'Slaap je wel vaker in het bos?' vroeg ik.

'Nee, nooit.'

'Charlotte!' riep Abbe met overslaande stem. 'Een gestolen grigri is een zaak voor Charlotte!'

'Weet die dan waar Amadous grigri is?' vroeg ik.

'Nee.' Pascal had alleen maar oog voor Amadou, die lang-zaam overeind kwam. 'Maar ze kan wel de geesten vragen om extra bescherming voor Amadou. Dat heeft hij nu wel nodig.'

Amadou ging staan. Pascal wilde hem helpen, maar hij trilde nog meer dan Amadou zelf.

Amadou zag het ook. 'Gaat het wel, Pascal? Misschien moet
je vriendinnetje je handje even vasthouden.' Maar deze keer
bedoelde hij het niet kwaad.

Pascal produceerde een klein lachje. 'Je had schuim op je
mond. Ik dacht dat je dood was, man.'

'Zo makkelijk gaat dat niet,' zei Amadou.

Het was die avond dat ik voor het eerst het mooie schrift van
oma Lila open sloeg. Het rook nog helemaal naar boekwinkel
en de bladzijden waren helderwit.

'*Het raadsel van de gestolen grigri*', schreef ik.

Verdachte personen

Wie doet er nou zoiets? Wie gaat er midden in de nacht het bos in en snijdt iemands grigri aan flarden?

In ieder geval geen Diola. Iemands grigri stelen is voor hen net zoiets als iemand doden. En Diola zouden echt nooit zoiets gemeens doen. Dat zei Pascal tenminste. We lagen in mijn kamer op mijn bed.

'Maar dan is het dus iemand van het hotel!'

Pascal staarde me aan.

Dat idee was echt te griezelig. Ik bedoel, de Hippo Bar is superklein. Zes hutjes met gasten erin en misschien vier mensen die er werken. Zat daar dan zomaar een gestoorde gek tussen?

En als dat zo was, wie weet wat die gek dan nog meer zou doen? En het ergste: je kon geen kant op. De jungle hield ons allemaal gevangen.

'We moeten dit oplossen,' zei ik hard tegen Pascal. 'We moeten uitvinden wie het gedaan heeft. Zoveel mensen zijn er niet in de Hippo Bar.'

'Ik hoor je wel, hoor.'

Ik keek om me heen. Naast mijn bed lag het opschrijfboek van oma Lila. Ik trok het naar me toe.

'Wie heeft er een hekel aan Amadou?'

'Best veel mensen,' zei Pascal onwillig.

'Echt? Die Duitse vrouw natuurlijk, hoe heet ze ook alweer?'

'Gertie.'

'O ja.'

Gertie was een paar dagen eerder aangekomen. Ze was groot en blond en lelijk en Amadou had haar aan het huilen gemaakt.

Dat ging zo. Toen die Gertie Amadou voor de eerste keer zag, graaide ze in haar tas en reikte hem een zelfgemaakt zakje met snoepjes aan. Ze had het dichtgebonden met een leuk strikje. Pascal en ik keken elkaar verbaasd aan, want wij kregen niks.

Maar dan moet je net Amadou hebben. Hij liet het zakje gewoon uit zijn handen vallen. Alle snoepjes rolden over de grond.

'Doe niet zo stom,' zei Pascal, die de snoepjes begon op te rapen.

'Doe ìk stom?' zei Amadou. 'Weet je wat stom is? Van die *toebabs* die zelf geen kinderen hebben en die dan een schattig zwart kindje willen kopen met wat snoep.'

'Dat is niet waar!' zei Gertie met een rood gezicht.

Ze keek naar Amadou alsof hij een griezelig dier was en er kwamen tranen in haar ogen. Ze sloeg haar hand voor haar mond en rende ervandoor. Amadou lachte haar keihard uit.

Door dit snoepjesincident had Gertie nu natuurlijk een hekel aan Amadou. En wij hadden een hekel aan Gertie.

'Maar haar man is wel leuk,' zei ik.

'Kalifa Latifa,' zei Pascal. Dat was een Senegalees in een lange witte jurk, die de hele tijd zei: 'Ik ben Kalifa Latifa. Je weet wel, van de gelijknamige band.' Alleen kende niemand die band.

Ik begon snel te schrijven.

Lijst van verdachte personen

Hut 1: Gertie (huilebalk) en haar man Kalifa Latifa van de gelijk-namige band (welke band?). Gertie vindt Amadou stom, maar Kalifa Latifa wil juist vrienden zijn met hem, omdat hij een drummer is.
Hut 2: Justin Buurman, tandarts van Afrikaanse kinderen, te herkennen aan grote vrachtwagen voor de deur.

'Justin is een topvent,' zei Pascal. Hij had, toen we de kapotte grigri hadden gevonden, een hele tijd met de tandarts zitten praten en daarna was hij een stuk vrolijker geweest.

Hut 3: Vogelman.

'Wat weten we van Vogelman?'
   'Dat hij uit Zuid-Afrika komt.'
   'Dat hij van vogels houdt.'
   'Hij lijkt op een tuinkabouter,' zei ik en Pascal begon te lachen.
   'Heb jij wel eens met hem gepraat?' vroeg ik nieuwsgierig. 'Hij komt hier toch elk jaar?'
   'Ja, maar hij is de hele dag met zijn verrekijker en zijn vogel- boek in het oerwoud. Hij is onschuldig, Iza Belle.'
   'Maar als hij de hele dag in het oerwoud is, had hij dus wel mooi de kans om Amadou tegen te komen bij die baobab,' zei ik slim.

Hut 4: Vienna, beroemde zangeres uit Engeland met rood haar (heel knap) en haar assistente Liz.
Hut 5: Jimmy, ook uit Engeland.

   'Wat vind jij eigenlijk van Jimmy?' vroeg Pascal.
   Jimmy was er nu ook al een paar dagen, hij was tegelijk aangekomen met huilebalk-Gertie.
   'Eh...'
   Ik voelde dat ik begon te blozen en toen ik dat merkte, kreeg ik het nog veel warmer.
   'Vind je hem...leuk?' vroeg Pascal, met iets van afschuw in zijn stem.
   'Nee!'
   Jimmy was echt zo'n Cleo-type. Vorige zomer had zo'n soort jongen ons huis geschilderd. Hij noemde mij schoon- heid of moppie en als mijn moeder koffiezette, kwam hij heel

dichtbij tegen het aanrecht leunen. Mijn moeder en ik werden er allebei zenuwachtig van. Toen we dat aan papa vertelden, moest hij heel hard lachen.

'Weet je wat ik gek vind?' zei Pascal. 'Jimmy is toch onder-zoeker?'

'Ja, ik geloof het wel.'

'Hij zegt dat hij hier is om de feesten van de Diola te onder-zoeken. Er komen wel vaker van die mensen hier. Studenten enzo. Die zijn dan altijd heel nieuwsgierig. Ze praten met Amadou en zijn vader en willen naar de baas van het Heilige Bos. Maar die Jimmy zit de hele dag maar voor zijn hut te roken en naar jou en Vienna te knipogen. Verder doet hij niks.'

'Dus hij is helemaal geen onderzoeker?'

Pascal haalde zijn schouders op. 'Of een hele luie.'

Hut 6: Isabel Snoek plus ouders.

Dat waren de gasten. En dan had je nog de mensen van de Hippo Bar zelf.

Pascal plus ouders
Amadou, zijn zusje Seleka en hun vader
Abbe, de kok.

'Abbe! Die heeft een hekel aan Amadou.'

Amadou zat Abbe altijd te pesten. Dan gooide hij mieren in de waterkan of peper in de vla. Abbe kon daar helemaal niet tegen. Je zag hem vaak gillend naar buiten stuiven, zijn koks-mes in de lucht, terwijl Amadou verderop razendsnel in een hoge boom klom.

'Maar Abbe is een Diola,' zei Pascal, 'en zijn tante is de baas van het bos.'

'Nou en?'

'Geloof me nou, Abbe doet zoiets niet. Die is veel te bang voor de geesten.'

'Gertie en Kalifa Latifa zijn ook bang voor de geesten,' zei ik.

'O ja?'

'Ik hoorde ze gisteren zoiets zeggen.'

Ik keek nog eens naar mijn lijstje. Wie van al deze mensen had de grigri van Amadou gestolen? Vogelman? Jimmy de niet-onderzoekende onderzoeker? Of toch die Duitse vrouw, Gertie?

Het was echt een groot mysterie!

Die avond hoorde ik Vogelman tegen Justin Buurman zeggen: 'Mijn zwarte bedienden in Zuid-Afrika zijn al net zo erg.'

De tandarts mompelde iets wat ik niet verstond.

'Echt waar. Neem nou zo'n grigri. Als ze hem kwijtraken, lopen ze van ellende nog tegen een boom aan. En dan maar mopperen op de geesten.'

Justin Buurman knipoogde naar mij, maar ik staarde verbaasd naar Vogelman. Wat had hij tegen zwarte mensen?

Even later zag ik hem naar zijn kamer lopen en ik besloot achter hem aan te gaan.

Vogelman liep nog steeds te mopperen, nu in zijn eentje, en het was niet moeilijk om hem te volgen. Ik bestudeerde zijn rug: klein en een beetje krom. Een fout legershirt met lichtgele vlekken onder de oksels. Zou hij een vrouw hebben? Wat wist ik eigenlijk van hem, behalve dat hij in Zuid-Afrika woonde en een soort vogeldeskundige was?

Voor de deur van zijn hutje draaide hij zich plotseling om, snel als een slang. 'Ja?'

'Ik eh...' Gelukkig zag ik Vienna aankomen. 'Ik was op zoek naar Vienna.'

'Dan moet je niet bij mij zijn.'

'Eh, nee. Sorry.'

Ik liep snel door, terwijl ik het onprettige gevoel had dat Vogelman mij nastaarde.

'Vienna?'

'Ja, schat?'

Ze zag er al iets uitgeruster uit vond ik en daarom durfde ik haar om een handtekening te vragen. Een pen en papier had ik al de hele tijd speciaal daarvoor in mijn zak.

'Natuurlijk,' zei Vienna. Ik herkende haar stem van de liedjes. Van dichtbij kon je zien dat ze echt heel knap was, zelfs zonder make-up.

'Vienna!' De assistente dook ineens uit het niets achter haar op. 'Je bent met vakantie.'

'Eén handtekening maar, Liz,' zei Vienna schuldbewust.

Liz keek me streng aan. Maar Vienna nam alle tijd.

'Wat was dat nou met die zwarte jongen?' vroeg ze.

Ik vertelde haar zo uitgebreid mogelijk over Amadou en zijn grigri. Vienna reageerde een beetje zoals Cleo zou doen: 'Echt? Wat een verhaal.'

Om de hoek verscheen Jimmy, de versierder.

'Heeft u voor mij misschien ook een handtekening, mevrouw?' grapte hij.

Vienna lachte, maar Liz werd helemaal rood.

'Nee, nu is het afgelopen!'

Vienna trok een gezicht naar me. Toen zei ze snel: 'Het lijkt me een stoere jongen, die Amadou. Iemand die zich niet makkelijk van de wijs laat brengen. Als je hem ziet, vraag dan of hij eens bij me langskomt.' Ze keek me recht aan.

Serieus! Als je goed oplet, zeggen mensen echt de raarste dingen. Want wat moest Vienna nou ineens van Amadou?

De ceremonie in het bos

Het was vier dagen na het vernielen van de grigri.

'Pas je heel goed op?' zei mijn moeder. 'Je weet nooit precies wat er gebeurt bij dit soort rituelen.'

'Pascal is toch bij me.'

'Dan nog. Kalifa, die Senegalees, zei het ook. En de kok. Voor ons zijn dit soort dingen vaak moeilijk te begrijpen. Dus niet te dichtbij komen als die vrouw de geesten gaat aanroepen.'

'Nee, mam.'

'Isabel doet heus geen domme dingen,' zei mijn vader, 'en een beter verhaal voor onze nieuwste reisgids kunnen we ons niet wensen, toch? Al blijft het eeuwig jammer dat je er geen foto's van mag maken.'

'Hm,' zei ik.

Toen kwam Pascal mij ophalen. 'Heb je je zaklamp bij je? Water? Muggenspray?'

'Veel plezier,' zei mijn vader alsof we naar de film gingen.

'Kom, Iza Belle.'

'Gaan we met de boot?'

'Een stukje, ja.'

'En Amadou dan?'

'Die moest er al eerder zijn.'

'Ja, maar hoe is hij er gekomen?'

'Met Abbe natuurlijk.'

Pascal duwde met de roeispaan tegen de kant en daar gingen we. Het was dat uur van de dag dat de dieren het overnemen van de mensen. Apen zaten in de bomen vlak langs de oever apenfruit te eten. Vogels kwetterden extra hard. In het oranje licht op het water zag Pascal eruit als een spannende indiaan.

Ik kon het nog steeds niet geloven. Was deze jongen echt verliefd op mij? Op mij?

Ik had wel de hele nacht met hem over de rivier willen varen, maar na een tijdje zei Pascal dat we aan land moesten gaan. Hij pakte mijn hand.

'Pascal? Is het echt niet eng?'

'Ben je bang, *ma petite?*'

Voor deze keer vergaf ik hem dat 'kleintje'.

'Ik ben niet bang als jij ook niet bang bent.'

Pascal veegde een pluk haar uit mijn gezicht. 'Het is niet erg om bang te zijn voor de geesten, Iza Belle.'

Hoe weinig geruststellend dat antwoord ook was, het kon me niets schelen. Want daarna zoende hij me, heel romantisch, onder het blad van een enorme varen. En daar werd ik zo giechelig van dat hij me wel overal mee naartoe had kunnen nemen.

Het was de baobab van de dode verhalenvertellers.

Eromheen stonden een stuk of twintig mensen. Een paar mannen hadden maskers op en er hingen grote kettingen op hun blote borst. Amadou zat op een krukje en zag er naast die grote boom reuze klein uit. Toen hij ons zag, begon hij te grijnzen.

'Wat heb jij nou aan, man?' vroeg Pascal.

'Mijn kettingen van de bukut.'

'Waar is je masker?' vroeg ik, want Pascal had me verteld dat Amadou bij de bukut een masker met stierenhoorns had gedragen. Maar Amadou zei: 'Wat dacht jij nou? Kunnen de geesten mij soms beschermen als ze mijn gezicht niet kunnen zien?'

'Jongens, een beetje opzij.'

Ik moest bijna lachen toen ik zag hoe die kleine Abbe, de kok, eruitzag. In zijn rastavlechtjes had hij allemaal veren gestoken en om zijn polsen en zijn enkels rinkelden belletjes en felgekleurde kraaltjes. Opgewonden dribbelde hij heen en weer. 'Amadou, rechtop zitten. Toeschouwers, een stukje naar achteren graag. Nee, niet te veel. Zo ja. Waar blijft die muziek?'

Plotseling begonnen er trommelaars te spelen en Abbe stak een cirkel van fakkels aan. Ik kneep Pascal hard in zijn hand. Nu ging het echt beginnen.

De vrouwen begonnen te zingen. Zachtjes, met hoge, lieve stemmen. Het klonk een beetje kerkachtig. Ondertussen werd het pikdonker om ons heen. Ik greep Pascal stevig vast, het was eng en ook raar, alsof we midden in een film stonden.

Na een tijdje werd het zingen wilder en toen kwam ze eindelijk... Charlotte!

Was dat de baas van het grote bos? Deze grote dikke vrouw in haar witte kleren? Ze leek eerder op de verpleegsters in het tehuis van mijn oma. Ik begon stiekem te lachen, hoe kon deze gezellige tante nou met de geesten praten?

Charlotte gaf me een hand. 'Hallo Isabel. Vrienden van Amadou zijn altijd welkom.'

Ik slikte mijn lachen in en legde mijn hand op mijn hart, want dat doet mijn vader ook als hij met oude, wijze Afrikanen praat.

Charlotte keek me geïnteresseerd aan alsof ik het was die bescherming nodig had. Maar toen kwam Abbe naar haar toe. 'Bent u zover, tante?'

Ze gaf hem haar tasje, dat hij netjes een stukje verderop neerzette.

Toen begon Charlotte ook te zingen. Haar stem hoorde je overal bovenuit. Ik keek naar de vrouwen die nu allemaal heen en weer wiegden. Het licht van de fakkels zorgde voor vreemde schaduwen op hun gezicht en even moest ik aan Cleo denken.

'Jij maakt altijd zulke aparte dingen mee, Isabel.'

Zij zou waarschijnlijk stiekem gaan filmen met haar mobieltje.

Nu kwamen de mannen naar voren, Abbe voorop. Ze liepen

naar Amadou, die nog steeds op zijn krukje zat, en begonnen met drukke bewegingen om hem heen te dansen. Ik moest steeds naar Abbe kijken. Eigenlijk kon hij best goed dansen, maar hij overdreef elke beweging die de mannen maakte: reusachtig armzwaaien, heel diep buigen. Het was knap en grappig tegelijk.

Bom, bom, bom, dat was de tamtam, een extra grote trommel. Ik kroop nog iets dichter tegen Pascal aan. De vrouwen liepen nu rondjes om de boom en ik kon Amadou bijna niet meer zien. Vaag zag ik dat een paar mannen hem met krukje en al optilden.

'Niet schrikken, nu gaan ze een geit slachten,' zei Pascal.

Ik schrok toch. Gelukkig kon ik het niet goed zien omdat er allemaal mensen voor stonden, maar de schreeuw van die geit was echt afschuwelijk.

'Dat is dierenmishandeling,' zei ik boos tegen Pascal, maar hij gaf geen antwoord.

Ondertussen gebeurde er iets engs met de tante van Abbe. Ze was steeds wilder gaan dansen en gillen en nu begon ze heen en weer te zwiepen. De vrouwen grepen haar vast en wikkelden de witte doek van haar hoofd. Het was een enorm lange lap en ze bleven maar om haar heen draaien. Eindelijk gingen ze opzij...en onder de doek was Charlotte helemaal kaal, een glimmende bruine schedel!

'Pascal!' Waar was de gezellige Charlotte gebleven? Ik staarde naar de kale heks die nu allemaal stuiptrekkingen maakte. 'Pascal, wat gebeurt er? Gaat het wel goed?'

'Dit hoort zo, Iza Belle,' zei Pascal zonder zijn ogen van Charlotte af te houden.

'Echt? Maar wat doet ze?'

'Zo praat ze met de geesten.'

'Gaat dat altijd zo?'

'Ze vraagt of ze Amadou willen beschermen.'

'Maar kijk nou! Gadver.'

De ogen van Charlotte waren helemaal weggedraaid. Je zag

alleen maar twee witte bollen. Het gezang zwol aan. Het getrommel ook en iedereen stampte op de grond. Ergens in die massa was Amadou. Arme Amadou, wat deden ze met hem?

Plotseling zag ik hem in de lucht, ze hadden het krukje heel hoog opgetild. Amadou keek een beetje angstig naar Charlotte, die begon om te vallen. Handen strekten zich naar haar uit.

'Zie je wel, hij is ook bang.'

Gegil, nog meer gegil en toen kwamen er vrouwen naar voren met een grote kom met iets zwarts erin.

'Wat is dat?'

'Geitenbloed.'

'Moet Amadou dat drinken?'

'Nee, natuurlijk niet. Dat is het offer voor de geesten.'

'Echt?'

Iedereen ging opzij en Charlotte kwam langzaam weer overeind. Ze greep de kom en liep naar de baobab. Even was alles stil, zelfs de trommelaars zwegen. Toen gooide Charlotte met één harde schreeuw de kom leeg in het gat van de boom. Een spoor van bloed liep omlaag langs de stam.

'Yeaeaeah!' Iedereen danste, gilde en zong en toen gebeurde er iets raars. Ik vergat dat ik die Charlotte eigenlijk eng vond, ik vergat die zielige geit, ik vergat zelfs dat ik maar een klein blond meisje was dat niet kan dansen.

Want die muziek was zo meeslepend, daar kon geen disco tegenop. Je kon er niks aan doen, je moest wel meedansen en meegillen met de anderen. Naast me sprong Pascal schreeuwend omhoog en ook dat was helemaal niet gek. Samen stonden we woest te dansen, alsof ons leven ervan af hing.

En toen...was het ineens afgelopen. De muzikanten stopten als eersten, toen de tamtam en langzaam kwamen de dansers tot stilstand.

'Kom Iza Belle,' zei de stem van Pascal uit de verte.

Hijgend bleef ik staan.

Toen we wegliepen, stamelde ik: 'Maar Amadou...?'

We zagen hem voorover hangen op zijn krukje, alsof hij in slaap was gevallen. Waar waren alle dansers ineens? Waar was Charlotte?

'Abbe zorgt wel voor Amadou.'

'Maar hij leeft toch nog wel?'

'Natuurlijk. Dat hoort zo. Kom nu maar mee.'

We liepen snel terug door het donkere bos, Pascal voorop met een stok en een zaklamp. Het zweet gutste over mijn voorhoofd en de dans zat nog in mijn hele lichaam.

Daar lag ons bootje, alsof er niks gebeurd was. Op de rivier was het verbijsterend stil. Het gonsde in mijn oren en ik huiverde toen er een windje opstak. Pascal sloeg zijn spijkerjas om mij heen en even leunde ik tegen hem aan.

Maar toen greep Pascal de roeispanen. Klots, klots ging het door het gladde water. Boven ons was de lucht bezaaid met sterren. Ik verlangde heel erg naar mijn bed.

Ik wilde horen of mijn stem het nog deed. 'Ik vond het eng.'

Pascal zei niks terug en na een tijdje zei ik: 'Maar ook mooi, op een rare manier. Soms waren die liedjes heel mooi.'

'Die liedjes waren heel mooi,' herhaalde ik de volgende dag bij het ontbijt.

Ik had mijn ouders het hele verhaal verteld en mijn moeder schreef alles op. Ze stelde allemaal moeilijke vragen ('Wie speelde er op de tamtam?' 'Was er ook een griot bij?' 'Welke geesten riepen ze precies aan?'). Toen ik opkeek, zag ik tot mijn schrik dat de hele ontbijtzaal zat mee te luisteren. Die Duitse vrouw, Gertie, had er zelfs rode wangetjes van gekregen.

'En Amadou?' vroeg mijn moeder.

'Die heb ik vanmorgen alweer zien lopen. Hij zag eruit zoals altijd.'

'Geitenbloed is erg onhygiënisch,' zei Vogelman. 'Die beesten vreten alleen maar afval. Ze eten rustig een plastic zak op. Of hun eigen poep.'

'Nou ja,' zei Justin Buurman, 'als het die jongen nou helpt.'
'Natuurlijk helpt het,' zei Kalifa.

Maar dat was niet zo. Zo'n hele ceremonie om Amadou te beschermen... En het heeft helemaal niks geholpen!

De nacht dat niemand sliep

De volgende dag was het benauwd. En de dag daarna nog meer. Een drukkende lucht balde zich samen tussen de zwijgende bomen en ik kreeg weer dat nare gevoel: er staat iets vreselijks te gebeuren...

Iedereen was chagrijnig.

In de vrachtwagen van Justin Buurman hing een enorme zweetgeur. Amadous tweede gaatje werd gevuld en hij maakte zo'n kabaal, dat Justin Pascal en mij de auto uit stuurde.

'Nee, jongens, nu even geen pottenkijkers. Deze jongen is echt onmogelijk,' zei hij afgemeten en even dacht ik dat nu zelfs de tandarts zijn geduld met Amadou zou verliezen. Achter de gesloten deur hoorden we Amadou gillen als een baby. 'Neeeeee, niet prikken!'

Maar later was Amadou juist heel rustig. Hij zei dat het maar goed was dat zijn tanden nu mooi waren, want hij had een afspraakje met een meisje die avond. En hoe Pascal en ik ook zeurden, hij zei niet met wie.

'Jullie zijn niet de enige met geheimpjes,' zei hij, want hij vond het maar niks dat Pascal en ik af en toe in Pascals kamer waren met de deur op slot.

'Zeg dan op zijn minst wie het is,' zei Pascal. 'Is ze mooi?'

'Heel mooi,' zei Amadou. 'Een filmster.'

Maar verder verklapte hij niks en hij ging zonder avondeten weg om zich te wassen in de rivier en zijn beste kleren aan te trekken.

Pascal en ik lagen nog een tijdje naar muziek te luisteren in de hangmat, maar het was echt heel benauwd. Dus gingen we een avondwandeling maken. Eigenlijk mocht ik van mijn ouders niet 's nachts naar buiten, omdat ze bang waren dat ik door een slang zou worden gebeten of aangevallen door een jakhals. Maar Pascal was nu bij me, dus ik gokte er maar op dat het goed was.

Het was een vreemde avond. Alles was doodstil en niets bewoog, alsof de wind zijn adem inhield. Pascal en ik liepen hand in hand in het maanlicht. We zeiden niets, liepen met dezelfde passen. Het was niet koud en niet warm, niet licht en niet donker. Ik voelde me...betoverd.

'Nee, dan moet je in Guatamala zijn. Daar heb je een vogel, zulke schitterende veren...' De stem galmde tussen de bomen door.

Pascal en ik keken elkaar aan. 'Vogelman,' zeiden we tegelijk.

Even later liep hij langs ons, nog steeds pratend. Justin Buurman liep naast hem en knipoogde. Een zweem van sigarettenrook prikkelde in mijn neus. Toen waren ze weer voorbij.

'Wie wil er nou tandarts worden?' mompelde ik.

'Wie wil er rijdende tandarts worden,' zei Pascal. 'Dat is pas raar.'

Tussen de bomen scheen een lichtje.

'Is dat niet de hut van Gertie en Kalifa?'

'Ja, ze hebben bezoek.' Er stonden drie paar schoenen voor de deur.

'Van wie zijn die gezellige omaschoenen? Toch niet van jouw moeder?' vroeg ik.

'Natuurlijk niet,' zei Pascal beledigd.

'Van wie dan? Van Liz? Nee, die draagt sneakers.'

'Ik weet het al,' zei Pascal langzaam. 'Van Charlotte.'

'Charlotte? De baas van het Heilige Bos?' Er flitste een foto door mijn hoofd van een kale vrouw met witte ogen. 'Wat moet die daar bij Gertie en Kalifa?'

'Geen idee.'

'Zullen we aan de deur gaan luisteren?'

'Iza Belle!' Pascal keek mij geschokt aan. Soms was hij zo keurig!

'Je durft gewoon niet.'

We liepen verder, maar in mijn hoofd maakte ik een aantekening: Gertie en Kalifa extra in de gaten houden.

'Het lijkt wel alsof niemand slaapt vannacht,' zei Pascal. Want nu kwam Liz de hoek om, de assistente van Vienna. Ze zag er verhit uit. Haar anders zo witte gezicht was helemaal rood.

'O, hallo Isabel. Heb jij Vienna soms gezien?'

'Vienna? Is ze niet in haar hut?'

'Nee, ze is... Ze was... Ach, laat ook maar, ik vind haar wel.' En ze stormde ervandoor.

Pascal en ik keken elkaar aan. Wat had die nou?

'Daar loopt nog iemand,' zei ik. In de verte bewoog een schim snel door het struikgewas. 'Is dat Jimmy?'

'Die Engelsman? Waarom zou hij zo rondrennen als een dief in de nacht?'

'Kom, we gaan kijken.'

Maar toen we dichterbij kwamen, was de schim alweer verdwenen.

'Misschien was het iemand anders.'

We stonden nu voor de rivier. Ik keek opzij naar Pascal. 'Zullen we gaan zwemmen?' Ik zag ons ineens als in een romantische film de rivier in lopen bij sterrenlicht.

Maar Pascal zei: 'Nee, Iza Bella, de rivier is 's nachts gevaarlijk, dat moet je niet doen.'

Toen hij mijn teleurgestelde gezicht zag, voegde hij er snel aan toe: 'Maar we kunnen wel even aan de oever gaan zitten als je wilt.'

Dus dat werd niet zwemmen en sterrenlicht was er ook niet meer. Want er hing nu een dik wolkendek in de lucht. Zelfs de maan was niet meer te zien.

'We krijgen regen,' zei Pascal.

'Echt?' Ik kroop dicht tegen hem aan. 'Net als in Nederland.'

'Niet als in Nederland. Wij hebben hier moessons. Dat zijn enorme plensbuien, maar die duren niet lang.'

Pascal blies even in mijn gezicht. 'Je zweet helemaal.'

'Het is ook zo benauwd.'

'Dat is omdat jij niks gewend bent.'

'Dat valt heus wel mee hoor... Hé, wie is dat nou weer?'

Uit een paadje langs de oever kwam een vrouw tevoorschijn. 'Hai Isabel! Pascal!'

Pascal sprong op. 'Vienna?'

'Zitten jullie lekker te...oeps!' Vienna gleed onderuit en Pascal haastte zich naar haar toe om haar te helpen.

'Gaat wel,' mompelde Vienna – en viel opnieuw. 'Sorry hoor, het is ook zo glad hier.'

'Het is helemaal niet glad,' zei ik verbaasd.

'Ha! Maar jij hebt geen hakken van tien centimeter.'

'Wat doe je dan ook, midden in de nacht, met die hakken?'

Vienna begon te giechelen. 'Wat IK doe? Het hele hotel heeft nachtelijke afspraakjes en dan moet IK uitleggen waarom ik gewoon even buiten aan het wandelen... aan het wandelen...' Haar stem stierf weg.

Ik keek geschrokken naar Pascal, maar hij maakte een gebaar dat betekende dat Vienna dronken was. Natuurlijk, dat was het.

'Zal ik je even naar je hut brengen?' bood Pascal aan.

Gealarmeerd keek Vienna opzij. 'En dan zeker... Nee, dank je.'

'Dat is aardig bedoeld, hoor,' zei ik beledigd.

'Dat weet ik ook wel,' zei Vienna en even dacht ik dat ik tranen in haar ogen zag.

Ze stond op.

'Wat een hitte,' mompelde ze en met een verrassende snelheid verdween ze in de richting van de hutjes.

Pascal en ik keken haar na. 'Moet ik nou achter haar aan gaan?' vroeg Pascal.

'Welnee,' zei ik, want ik zat zo lekker. En bovendien beviel het me maar niks dat Vienna er zelfs als ze dronken was nog zo mooi uit kon zien. Misschien nog wel mooier, met rode wangen en haar haar zo door de war.

'Het hele hotel heeft nachtelijke afspraakjes,' herhaalde ik.

Pascal lachte. 'Ze bedoelt ons. Wij hebben toch een afspraakje. Ik denk dat ze jaloers is.'

'Vienna? Op wie dan?'

'Niet op mij of op jou in het bijzonder, maar op hoe verliefd wij zijn.'

'Zijn we dat dan?'

'Nou, ik wel in elk geval.'

Ik voelde de vlinders in mijn maag opdwarrelen en zei snel: 'Ach, welnee. Vienna kan zoveel mannen krijgen als ze maar wil.'

'Ja, misschien. Maar je hoort toch altijd dat het moeilijk is als je zo beroemd bent. Dat iedereen op je geld uit is en zo.'

Ik haalde mijn schouders op. 'Toch heb ik geen medelijden met haar.'

Pascal glimlachte en sloeg een arm om me heen. Ik leunde, heel filmsterachtig, met mijn hoofd tegen zijn schouder. Na een tijdje kreeg ik een klein beetje kramp in mijn nek, maar ik durfde niet te gaan verzitten, om het moment niet te verpesten. Er stak een heel klein briesje op en in de verte zagen we bliksemflitsen. Ergens moest het nu onweren.

Toen klonk er ineens een vreemd geluid, vlakbij ons. Een schrille kreet, heel hoog en hard. Het leek wel een geest. Een bosgeest.

'Yek! Wat was dat?'

Pascal aaide me over mijn arm. 'Dat was nou de gekko.'

'Gekko? Dat kleine beestje?'

De kreet klonk opnieuw en ik huiverde. 'Waar zit hij dan?'

'Ergens op een boom. Niet bang zijn, Iza Belle, het is de gekko maar.'

En in de verte begon het te donderen.

Moord

Toen ik in mijn bed lag, barstte het noodweer los. Ik lag dood-stil de seconden tussen bliksem en donder te tellen en te hopen dat het snel voorbij zou zijn. Ik wist natuurlijk wel dat in de andere kamer mijn vader en moeder waren, maar ik durfde niet eens op te staan om bij hen te gaan schuilen. Dat was iets van vroeger toen ik klein was – mijn ouders zouden nu waarschijnlijk raar opkijken als ik zomaar bij ze in bed kroop.

Dus ik lag daar te zweten en bang te zijn voor het onweer dat echt keihard was. De regen ruiste als een reuzendouche en ergens in mijn kamer begon het te lekken. Tik tik tik, hoorde ik. Ik hield mijn hand op mijn zaklantaarn en probeerde niet te denken aan wat er zou gebeuren als de bliksem insloeg.

Toen ben ik toch in slaap gevallen, want het volgende moment was het dag.

Het was laat en ik trok snel mijn kleren aan. Buiten rook het superfris en de grond was zompig onder mijn voeten. Het was opvallend stil, zeker na al dat onweer. De vogels sliepen zeker nog.

Mijn vader en moeder waren al op en ik ging gauw naar de grote hut waar we altijd ontbeten.

Er was iets aan de hand.

De tandarts liep mij bijna omver, hij zag me niet eens. De meeste tafels waren leeg, nog keurig gedekt. Ook Pascal zag ik niet – zelfs zijn ouders niet, terwijl die meestal bij het buffet stonden om iedereen goedemorgen te wensen. Alleen Gertie zat tegen Kalifa aan te huilen in een hoekje. En iets verderop zat Vogelman rustig een broodje marmelade te eten. Dat zag er tenminste normaal uit.

Mijn ouders stonden me op te wachten.

'Isabel...'

'Wat is er?'

'Isabel, er is iets gebeurd vannacht,' zei mijn vader met zijn allerernstigste stem. 'Er is iemand overleden.'

'Wat?!' De grond werd wiebelig onder mijn voeten en ik voelde me ijskoud worden.

'Maar wie...?' stamelde ik. Eén afschuwelijk moment dacht ik aan Pascal.

Maar het was Amadou.

'Amadou?'

Mijn hart begon te bonzen, mijn benen werden slap. Dit kon niet. Niet Amadou. Die vrolijke, sterke Amadou. Dit moest een vergissing zijn, een misselijke grap.

'Amadou... dood? Hoe kan dat nou? Hij was toch niet ziek?'

'Kom even zitten.' Ze loodsten me naar een tafeltje en begonnen te vertellen dat Amadou die morgen gevonden was. Weer bij de baobab van de dode verhalenvertellers. Maar deze keer was hij niet wakker geworden. Hij was dood en niemand wist nog precies hoe dat kwam.

Terwijl mijn vader met een bijna onverstaanbaar zachte stem doorpraatte, keek mijn moeder naar me alsof ze de gedachten uit mijn hoofd wilde trekken. Maar dat was moeilijk want alles buitelde door elkaar heen. Amadou... Ik zag steeds zijn grijnzende hoofd voor me. Het kon gewoon niet dat hij dood was.

'Hij had een afspraakje,' zei ik dwars door mijn vaders gepraat heen. 'Hij had een afspraak, papa. Hij had zijn mooiste kleren aangetrokken. Hij was bij een filmster. Dat zei hij, een filmster...'

Ik praatte maar door als een kip zonder kop. 'Het kan echt niet, hoor, het moet iemand anders zijn. Misschien een jongen uit het dorp, een vriend van Amadou of zo...'

'Zij vader heeft hem herkend. Het spijt me.'

Ik zag mijn moeder op haar nagels bijten. Keihard.

'Maar die ceremonie dan?' hoorde ik mezelf zeggen.

'Wat is daarmee?'

'Die was toch nog maar een paar dagen geleden? Twee. Of drie. Die was juist om hem te beschermen. Dan kunnen de slangen hem niet bijten en de schorpioenen...'

'Ze denken aan opzet,' zei mijn vader en ik schrok op. 'Wat?'

'Ik bedoel moord,' zei mijn vader zacht.

'Moord? Zeg je nou dat iemand Amadou vermoord heeft? Vermóórd?!' Mijn stem sloeg over.

Ik zag mijn moeder even naar mijn vader kijken met een blik van: had je dat nou wel moeten zeggen?

'Maar hoe dan?' vroeg ik snel.

'Dat weten we nog niet. De politie is er nu.'

'Zo, dat is een hele vooruitgang, de politie,' hoorde ik de stem van Vogelman ineens. 'Meestal worden dit soort dingen opgelost door de dorpschef.'

'Isabel,' begon mijn moeder, maar ik schudde mijn hoofd. Mijn moeder wilde dat ik nu net als Gertie ging huilen en dat zij me dan ging troosten. Maar daar was ik veel te boos voor. Ik wilde helemaal niet huilen. Ik wilde weten wat er gebeurd was. Moord, hoezo moord?! En vooral wilde ik naar Pascal.

'Waar is Pascal?'

'Bij zijn ouders.'

'Kan ik naar hem toe?'

'Nee, dat gaat nu niet,' zei mijn vader en mijn moeder zei: 'Ik wil je nu graag even heel dicht bij me houden, lieverd.'

En toen gingen we toch maar ontbijten, want ik had gewoon honger. Op de achtergrond snufte Gertie en dat ergerde me op een of andere manier verschrikkelijk. Net als de treurige blikken van mijn ouders. Ik wou dat Pascal kwam.

Pas in de middag zag ik hem eindelijk. Pascal stond bij zijn ouders en hij zag eruit alsof hij drie dagen niet geslapen had – wat niet zo raar was natuurlijk. Naast hen stonden twee politiemannen en daaromheen alle gasten van de Hippo Bar, want iedereen had moeten komen. Alle gasten zagen er bleek en vreselijk geschrokken uit, zelfs Vienna. Ook Abbe de kok was er, hevig snikkend alsof zijn beste vriend was overleden.

'Ik zal het kort houden,' zei een van de agenten. 'Wij onderzoeken de moord op Amadou Traore.'

Ik staarde naar Pascal maar hij keek naar de grond en zijn haar viel voor zijn ogen. Hij was heel bleek.

'Moord?' vroeg iemand.

De agent zei dat ze dachten dat Amadou was vergiftigd en ik zag een schok door Pascal heen gaan.

Vergiftigd, dacht ik, misschien heeft hij bedorven oesters gegeten. Want ik dacht aan die keer op de rivier dat Amadou of Pascal had gezegd dat de oesters giftig waren. En ineens, heel idioot, voelde het alsof ik in lachen zou uitbarsten. Vergiftigde oesters, haha! Er kriebelde iets in mijn keel en ik wist niet eens zeker of het nou een lach- of een huilbui was. Ik voelde me roder en roder worden.

Ondertussen vroeg de tandarts: 'Kan het nog te maken hebben met die kwestie van een paar dagen geleden? U weet wel, die vernielde grigri?'

Heel even dacht ik dat Pascal opkeek, maar toen staarde hij weer naar de grond.

'Toen zijn natuurlijk de slechte geesten gekomen,' snikte Abbe en Vogelman maakte een snuivend geluid.

Ik vocht nog steeds met mijn lach/huilkriebel en tegelijkertijd probeerde ik in gedachten Pascal te roepen. Pascal! Kijk naar me, ik sta hier! Je geliefde, Iza Belle. Ik vind het ook zo erg van Amadou. Kom, ik zal je troosten. Ik wilde wel naar hem toe rennen, mijn armen om hem heen slaan, hem door elkaar rammelen voor mijn part. Maar Pascal bleef maar naar de grond staren.

De agent zei dat het, omdat de Hippo Bar zo afgelegen lag, onwaarschijnlijk was dat de moord was gepleegd door iemand van buiten.

'Wat bedoelt u daarmee?' vroeg de tandarts scherp.

'Dat is toch duidelijk?' zei Jimmy, de Engelsman. Het was

de eerste keer dat hij iets zei. Hij stond daar rustig een sigaret te draaien. 'Dat betekent dat iemand van ons het heeft gedaan.'

'Wat?' Verbijsterde blikken. Gertie die vuurrood werd.

'We beschuldigen niemand, maar in het belang van het onderzoek zou ik u allen willen verzoeken voorlopig het hotel niet te verlaten,' zei de agent. Hij legde uit dat het misschien wel tien dagen kon duren voordat ze de uitslag van het laboratoriumonderzoek binnen hadden.

'Nee,' zei de assistente van Vienna hard, 'dat kan helemaal niet. Wij vertrekken overmorgen.'

'Er vertrekt helaas niemand totdat wij daar toestemming voor geven,' zei de agent.

'Maar u begrijpt het niet. Vienna heeft dit weekend een optreden in Brussel.'

De agent haalde zijn schouders op.

We keken nu allemaal naar Vienna, die een grote zonnebril op had.

'Het geeft niet, Liz,' zei ze zacht.

'Het geeft niet?' barstte Justin uit. 'Wij kunnen hier toch niet met z'n allen gaan zitten wachten tot de politie zijn werk gedaan heeft? Ik heb zelf ook werk te doen!'

Ik keek om me heen en zag allemaal boze gezichten. O o wat vonden ze hun werk allemaal belangrijk. Ik had het wel uit willen schreeuwen: 'Kop houden allemaal! Er is een jongen vermoord! Niet zomaar dood, maar VERMOORD. Een grappige, lieve jongen, die geweldig in bomen kon klimmen en supergoed kon drummen. De beste vriend van Pascal. Amadou is dood. AMADOU IS DOOD!'

Maar ik zei niets. Er zat een onzichtbare prop in mijn mond. En onzichtbare ketens aan mijn enkels. Ik slikte en slikte.

'Mijn dappere, grote dochter,' fluisterde mijn moeder. Maar ik zag alleen maar ruggen om me heen en nergens lucht. Ik had me nog nooit zo klein gevoeld.

Ze begroeven Amadou twee dagen later en pas daarna zag ik Pascal weer.

We zaten in zijn hangmat en hij vertelde dat een begrafenis bij de Diola lijkt op een feest. 'Ze zingen en dansen en iedereen is blij.'

'Blij?'

'Ja, om het leven dat iemand heeft gehad. Daar vertellen ze over aan elkaar en daar zingen ze over. Het is een heel vrolijke drukte met trommels en de tamtam.'

'Hoe kun je blij zijn als er zo'n jong iemand doodgaat?'

'O, maar dan is het anders,' zei Pascal.

'Hoe dan?'

Pascal zei heel lang niks meer en ik durfde me niet te bewegen. Toen hij eindelijk weer sprak, kon ik hem bijna niet verstaan. 'Deze keer waren er geen trommels. Niemand zong. Niemand danste.' Hij haalde diep adem. 'Het was doodstil, Iza Belle. Echt helemaal stil.'

Toen begon hij te huilen.

Ik aaide onhandig over zijn knie en wachtte tot het over was. Maar na een tijdje liep hij weg.

De Hippo Band

Slachtoffer:
Amadou Traore.
Mogelijke daders:
~~Familie Snoek~~
Justin Buurman, tandarts van zielige kindertjes
Vogelman, Zuid-Afrikaanse tuinkabouter en een soort vriend
van Justin Buurman
Kalifa Latifa, drummer, en zijn vrouw Gertie
Jimmy, onderzoeker van de Diola
Vienna, beroemde zangeres
Liz, haar humorloze assistente
De kok Abbe
~~Pascal plus ouders~~

Ik weet nog dat ik dit lijstje maakte. Na de moord op Amadou
was alles veranderd. Elke nacht lag ik te bibberen van angst.
Ik schrok wakker van ieder geluidje en dan was het alsof de
moordenaar van Amadou elk moment binnen kon komen. En
ik kan je vertellen: dan slaap je echt niet meer rustig in!

Dus toen ben ik in oma's boek gaan schrijven. En het hielp,
het hielp echt! Ik dacht zelfs dat ik de misdaad misschien wel
op zou kunnen lossen. Dat zou nog eens een goed cadeau voor
Pascal zijn! En wie weet zou hij dan ook weer naar me lachen
met zijn mooie ogen, die nu zo vreselijk droevig stonden de
hele tijd. Dan was ik Iza Belle, de held (klinkt behoorlijk stom,
ik weet het, maar dat dacht ik toen echt).

Eens in de maand deden ze een of andere traditionele muziek-
avond in de Hippo Bar en er hing al een week lang een aan-
kondiging bij de receptie. Maar omdat Amadou een van de

trommelaars was en ook omdat hij nog maar net dood was, wilden ze het eigenlijk afzeggen.

Maar toen had Kalifa Latifa, de man van de band, ineens bedacht dat deze keer de gasten muziek zouden maken. Als een soort eerbetoon voor Amadou. Echt waar! Ik vond het een belachelijk plan, maar Kalifa Latifa begon gewoon en sleepte iedereen mee. Zelfs Vienna!

Maar het was de eerste keer dat ik Pascal weer een beetje vrolijk zag. Hij sleepte al zijn trommels naar de eetruimte en, zelfs als er niet geoefend werd, liep hij nog te drummen met zijn vingers en tussen zijn tanden te fluiten.

Liz, de assistente van Vienna, toverde de hut om in een echte feestruimte. Er werd een podiumpje gebouwd en er kwamen gekleurde lampjes. Voor het podium werd een rij stoeltjes opgesteld en Abbe zette schalen met zelfgemaakte popcorn neer.

Op de avond van het optreden trok ik mijn mooiste jurk aan. Zelfs mijn moeder lachte en leende mij haar roze lippenstift. Zo opgedoft kwamen we aan bij de 'feestzaal'. Iedereen die niet in de band speelde was gekomen: Liz, Gertie, de ouders van Pascal, Justin, Vogelman en zelfs een paar mensen uit het dorp. En Seleka. Het kleine zusje van Amadou. Toen ik haar zag, begon ik bijna te huilen omdat ik zo aan Amadou moest denken. Maar Seleka zelf was nog veel te klein om te begrijpen dat ze een broer verloren had. Ze strekte haar kleine armpjes naar mij uit en ik nam haar bij mij op schoot. Met grote ogen keek ze naar de lichtjes, want het was inmiddels donker geworden en de hut zag er geweldig uit.

Kalifa kwam als eerste op. Hij droeg een lange gele jurk. 'Welkom bij de Hippo Band,' zei hij. En dat ze dit optreden deden voor Amadou, die altijd zo vrolijk was geweest en zoveel van muziek had gehouden. Hij keek langs mij heen en nu zag ik Amadous vader pas. Stil en ernstig stond hij in een hoekje. Ik zag mijn eigen vader op zijn lip bijten. Gertie begon natuurlijk ook weer te snikken.

Maar Kalifa pakte snel een van de trommels en begon als een razende te drummen. Hij ging er echt helemaal in op. Het had wel iets grappigs: zo'n enorme man, gekleed in een fel-geel gewaad, die om de djembé rende als een opgewonden kind. Hij leek eigenlijk zelf wel een beetje op Amadou, zag ik nu ineens.

Toen kwamen Pascal, Abbe en Jimmy het podium op. Pascal en Abbe om te drummen, Jimmy met een gitaar. Wie had dat nou weer van hem gedacht!

Abbe droeg een glimmend groen gewaad, een soort jurk. Hij drumde niet slecht, maar ik kon alleen nog maar naar Pascal kijken. Hij zag er zo stoer uit. Af en toe keek hij even naar me en lachte.

'Hij is goed, hè?' zei ik tegen mijn vader, die naast me zat.

'Wie, Kalifa?' vroeg mijn vader.

Ik gaf hem een stomp. 'Je weet best wie ik bedoel.'

Bij het tweede nummer kwam Vienna op. Ze had een paarse jurk aan met een enorme split opzij en ze had ook paarse oog-schaduw op. Toen ze begon te zingen, herkende ik haar stem meteen. Het was een lied over kinderen die in het paradijs wonen, heel mooi. De tranen stroomden zomaar over mijn wangen en ik was doodsbang dat ik dat hele lied zou ver-pesten met mijn wilde gesnik om Amadou. Maar toen ik om mij heen keek, zag ik dat bijna iedereen zat te huilen, zelfs mijn eigen vader!

Toen begon Kalifa gelukkig weer woest te drummen en de andere drummers volgden hem totdat het alleen nog maar woeste oerwoudmuziek was. De mensen om mij heen begon-nen nu te dansen, eerst voorzichtig, maar al gauw wilder en wilder. Justin Buurman danste met Liz, de assistente, en Vogelman kwam per ongeluk tegenover Gertie terecht. Ze keken allebei ongelukkig. Mijn vader zwierde rond met mijn moeder en ik ontfermde me over Seleka. Dan viel ik tenminste niet zo op. Seleka danste trouwens nog het best van iedereen.

Ineens zag ik vanuit mijn ooghoek de twee agenten in de

hoek staan. Vreemd, die had ik nog niet eerder opgemerkt. Wat deden ze daar eigenlijk?

We dansten zeker nog een uur, voordat Kalifa boog en Amadou bedankte (alsof die er ook maar iets mee te maken had gehad).

'*Thank you*, Amadou!' riep hij en strekte zijn armen naar omhoog, alsof Amadou daar ergens rondvloog. '*Thank you* Amadou!' riep Vienna ook.

Ik floot zo hard als ik kon op mijn vingers. Pascal sprong meteen van het podium en liep recht op mij af.

Ik gaf hem zomaar een zoen, met alle mensen erbij.

'Je was echt heel goed.'

Pascal glunderde. 'Het kwam door Kalifa, hoor. En door Vienna natuurlijk.'

'Niet zo bescheiden.'

Vienna kwam van het podium af en werd meteen omringd door fans. Iemand zette een cd op en het begon op een echte disco te lijken. Pascal hield mij vast en draaide me soepel in het rond. Als ik niet nadacht over hoe ik mijn voeten moest neerzetten, ging het best. Liz werd nu gegrepen door Jimmy, zag ik. Ze keek erg verbaasd.

'Je moet later muzikant worden,' mompelde ik tegen Pascal, 'en dan kom ik altijd naar je kijken.'

'Misschien word ik wel zanger,' zei Pascal zacht in mijn haar. 'Dan maak ik een liedje over jou, Iza Belle.'

'Echt?'

Plotseling werd de muziek ruw uitgezet. Op het podium, waar Kalifa van alles aan het opruimen was, stonden de twee agenten.

'Neem ons niet kwalijk dat we de feestvreugde verstoren,' zei de ene agent, 'maar wij dachten dat het u wel zou interesseren dat wij belangrijke vorderingen hebben gemaakt met het onderzoek naar de moord in dit hotel.'

Het werd ineens doodstil.

'Het blijkt dat Amadou Traore op de avond van de misdaad

een afspraak had met iemand,' zei de agent.

Het afspraakje! Ik kneep hard in Pascals hand. Amadou die geheimzinnig deed over de 'filmster' en die zijn mooiste kleren aantrok. Ik had er helemaal niet bij stilgestaan dat het misschien een afspraak met de moordenaar was geweest.

'Hoe weet u dat?' vroeg iemand.

'Wij hebben een briefje op zijn kamer gevonden. We weten dat de persoon in kwestie inderdaad die avond bij Amadou is geweest en zich daarna, volgens getuigen, vreemd heeft gedragen. Wij zouden deze persoon graag meenemen voor nader verhoor.'

Ik keek om me heen. Wie gingen ze arresteren? Vogelman? Gertie misschien?

'Het gaat om,' de agent keek even op zijn papiertje, 'mevrouw Fiona Kendall.'

Verbaasd keken Pascal en ik elkaar aan. Wie was dat nou weer?

Toen klonk er een rauwe kreet.

'Nee!' zei Liz, bevroren in haar dans met Jimmy. Ze keek naar Vienna en Vienna keek naar haar. Ze was doodsbleek geworden.

'Mevrouw Fiona Kendall,' herhaalde de agent, 'beter bekend onder haar artiestennaam Vienna.'

'Maar dat kan niet,' zei Liz. 'Er moet een misverstand in het spel zijn. Ik kan het uitleggen...' Ze schudde Jimmy van zich af als een lastige hond.

'Kan je dat?' vroeg Vienna. Ze staarde nog steeds naar haar assistente. 'Kan je dat werkelijk, Liz?'

Liz knipperde met haar ogen en zei niks meer.

Toen draaide Vienna zich om. 'Ik kom met u mee,' zei ze rustig, 'even iets anders aantrekken.' Ze wees naar haar lange feestjurk en liep toen de hut uit. De twee agenten liepen achter haar aan.

Sleutels en foto's

Pascal en ik geloofden er niets van. Natuurlijk had Vienna Amadou niet vermoord. Waarom zou ze? Ze had vast een goede reden gehad voor haar afspraakje.

Al was het natuurlijk wel een beetje raar dat ze, toen wij haar die avond zagen, zo dronken en verward was geweest.

'Maar dat kwam misschien omdat ze Amadou had gezien,' zei ik. 'Ze kwam uit het bos. Het kan best dat hij toen al dood was.'

'Denk je?' vroeg Pascal bezorgd. Hij vond het nog steeds moeilijk om over de moord te praten. Dan draaide hij zijn hoofd opzij en beet op zijn lip.

'Ja, want het klopt helemaal niet dat zij de dader is.' Ik pakte snel mijn notitieboek erbij. 'Vienna was in het bos, dat is waar. Maar die avond waren er heel veel mensen buiten, weet je nog? Iedereen kan het hebben gedaan. En voor een moord is nog iets anders nodig. Een motief.'

Pascal staarde me aan en ik verduidelijkte: 'Waarom zou je iemand vermoorden? Daar moet je wel een enorm goede reden voor hebben. Dat noemen ze op de televisie altijd een motief. Wat voor motief kan Vienna nou gehad hebben? Ze kende Amadou niet eens.'

'Je lijkt wel zo'n detective uit een tv-serie, Iza Belle,' zei Pascal bewonderend. Ik lachte, maar ik merkte dat deze rol me wel beviel. *Isabel Snoek. Detective.*

Ik sloeg het schrift open en bekeek de lijst van alle gasten van de Hippo Bar. 'Wat voor motief zouden zij kunnen hebben?'

Pascal staarde me verwachtingsvol aan.

'Abbe heeft bijvoorbeeld een hekel aan Amadou,' hielp ik, 'net als Gertie.'

'Maar dat is toch geen reden om hem te vermoorden?'

'Dat komt later. Eerst moeten we alle mogelijke motieven opschrijven.' Mogelijke motieven, dat klonk goed.

'Ja?' zei Pascal.

'Vogelman. Die heeft een hekel aan alle zwarte mensen.'

'En verder?'

Maar ik kon ineens geen enkel motief meer verzinnen.

Peinzend staarde ik naar mijn papier. 'We weten gewoon te weinig van iedereen af. Eigenlijk zouden wij net als de politie alle kamers moeten doorzoeken.'

'Maar dat kan toch?' zei Pascal, ineens opgewonden, 'Ik weet wel waar papa en mama de reservesleutels bewaren.'

'Dus we kunnen gaan spioneren?' zei ik. Weer zo'n woord dat je anders nooit gebruikt. Motief. Spioneren. Detective. Moord.

'En dan moet jij foto's maken, Iza Belle. Van de verdachte dingen die we vinden.' Pascal leerde snel.

En dus maakten we een lijstje. Er waren zes plekken die we moesten onderzoeken:

het kamertje van Abbe, de kok
de hut van Jimmy, de onderzoeker
de hut van Liz en Vienna
de hut van Kalifa en Gertie
de hut van Vogelman
de hut van de tandarts

'Mooi boek is dat. Wat staat er nog meer in?' Pascal boog zich over me heen.

'O, niks bijzonders.' Ik klapte het snel dicht. Op de voorkant schreef ik met grote letters: *Isabel Snoek. Detective.*

'Wat schrijf je?'

'Dit wordt vanaf nu mijn geheime aantekeningenboek over deze zaak. De politie arresteert alleen maar de verkeerde personen, maar wij zijn een soort gekko, die waarschuwt als er noodweer op komst is.'

Pascal keek me verbaasd aan. 'Maar het gaat helemaal niet regenen.'

'Nee, wij waarschuwen voor moordenaars en verdachte zaken.'

Abbes kamertje was als eerste aan de beurt. Dat grensde aan de keuken, die weer vlak achter de eetruimte lag. We hadden geluk, Abbe was boodschappen doen en we konden ongestoord rondkijken.

'Moet je dit zien.' In de hoek stond een soort altaartje met vreemde beeldjes en schedeltjes erop. Ik moest meteen aan die voodoo-films denken die Cleo altijd zo leuk vindt.

Maar Pascal was niet erg onder de indruk. 'Gewoon fetisjen.'

'Wat?'

'Spulletjes om met de geesten te praten en bescherming van ze te krijgen. Ik denk dat het halve dorp zoiets in zijn hut heeft staan.'

'Dus Abbe kan dit niet gebruiken om iemand te vergiftigen of zo?'

'Hoe dan?' vroeg Pascal. Maar dat wist ik natuurlijk ook niet.

Verder vonden we in het kamertje van Abbe heel veel kleren.

'Kijk nou, een echte boa met veren! Dat is meer iets voor mijn oma. Vroeger dan, toen ze jong was. En wat vind je van dit glitterbroekje?'

'Helemaal disco.'

'Brrr.' Ik moest even aan mijn vader denken. 'Disco is zo stom.'

'Hoe komt Abbe aan zoveel kleren?' mompelde Pascal.

Er lag ook een grote stapel oude eettijdschiften, een foto van een glimlachende dame met grijze krulletjes – vast zijn moeder – en een schriftelijke cursus Engels. Niet echt verdachte zaken en we gingen maar meteen door naar de volgende: Jimmy, de onderzoeker.

'Voorzichtig, is hij niet thuis?' fluisterde ik toen Pascal de sleutel in het slot stak.

Pascal schudde zijn hoofd. 'Ik zag hem een halfuur geleden met Liz het bos in gaan.'

In de kamer van Jimmy was het een enorme rommel. Verfrommelde t-shirts, overal sokken die heel erg stonken, oude dekseltjes en schotels met sigarettenpeuken en een enorm slordig bed. Tegen de muur stond zijn gitaar.

Maar bij Jimmy ontdekten we wél iets vreemds. Ergens naast het bed lag zijn agenda en, tot onze verbazing, hield Jimmy daar al zijn afspraken juist heel netjes in bij. Zo zagen wij dat hij volgende week om 10.00 uur moest zijn bij 'Lord Robertson: *garden*'. En diezelfde middag bij 'Stevens *family*: *roses & apples*'.

'Rozen en appels?' herhaalde ik verbaasd. Maar de hele agenda stond vol met namen met dat soort omschrijvingen.

'Ik dacht dat Jimmy een Diola-onderzoeker was?' zei Pascal verbaasd.

'Nou, daar zie je in ieder geval niks van terug in deze agenda,' zei ik, 'en ook niet in zijn kamer.'

'Hé moet je kijken,' riep Pascal ineens uit. Hij zwaaide de agenda onder mijn neus. '10 januari: Kendall *residence*, contact: Liz.'

'Kendall? Wanneer heb ik die naam ook alweer eerder gehoord?'

'Ben je dat nu alweer vergeten? Fiona Kendall, dat is de echte naam van Vienna.' Pascal kneep me in mijn hand. 'Jimmy heeft een afspraak gehad bij Vienna thuis.'

'Dus ze kenden elkaar al voor ze hier kwamen? Waarom heeft hij daar niks over gezegd?'

Pascal en ik keken elkaar aan, we waren echt iets op het spoor!

'Jij had gezien dat Liz ook weg was, hè?' vroeg ik. 'Laten we dan meteen de hut van Liz en Vienna onderzoeken. Misschien vinden we daar nog meer aanwijzingen.'

Ik maakte foto's van de agenda en de bladzijde waarop Vienna werd genoemd en daarna legden we alles weer netjes terug.

De hut van Vienna en Liz was de grootste van alle hutten. Er was een enorm verschil tussen de kamer van Liz, die saai en netjes was, net als Liz zelf, en de kamer van Vienna, waar overal tijdschriften slingerden en allemaal dure make-up.

'Kijk jij in de kasten, dan doorzoek ik de badkamer,' zei Pascal. De badkamer lag precies tussen de twee kamers in.

Ik ging eerst naar de kamer van Liz, maar daar was echt helemaal niets te vinden. In de kast lagen haar truitjes op enge, rechte stapeltjes en op haar nachtkastje zag ik een soort nachtbeugeltje in een bijpassend doosje. Een klein kastje zat op slot, maar toen ik het eindelijk open had, stond er alleen een doosje met gesigneerde cd's van Vienna. Eigenlijk had ik gehoopt hier een agenda te vinden, dan kon ik kijken of de afspraak met Jimmy bij Liz ook genoemd stond. Maar toen dacht ik aan de grote tas die Liz altijd bij zich had. Daar zaten allemaal papieren in en vast ook haar agenda. Of ze had een agenda op haar iPhone.

Nee, dan was Vienna's kamer leuker. Zijden hempjes met kant eraan, heel veel pillendoosjes (waarom? Was Vienna ziek of zo?), duur parfum (ik spoot stiekem een beetje op) en overal sjaaltjes in allemaal kleuren. Ik telde zeven paar schoenen, allemaal even mooi. Naast Vienna's bed lag een stapeltje boeken. Veel van die boeken van 'hoe haal ik het beste uit mijn leven' maar ook, zag ik tot mijn plezier, een oude Snoek-reisgids. *Muziek! Van gospel tot jazz in de zuidelijke staten van Amerika.* Net toen ik daar een foto van aan het maken was, hoorde ik de deur van de andere kamer open gaan.

'Wil je thee?' hoorde ik de stem van Liz zeggen. Ik liet bijna de camera uit mijn handen vallen.

'Thee? Heb je niet iets sterkers?' vroeg iemand anders. Jimmy!

Ik sloop de badkamer in. Daar stond Pascal, met grote ogen van de schrik.

'Kom,' fluisterde ik, 'we kunnen via Vienna's kamer naar buiten.'

Maar Pascal stond als aan de grond genageld.

'Je kunt niet te lang blijven hoor,' zei Liz verderop.

'Waarom niet?' zei Jimmy. 'Vienna is er toch niet?'

'Nee, en dat is al erg genoeg.'

'Doe niet zo braaf, schat. Eindelijk staat ze ons niet meer in de weg. Dat is onze droom!'

'Maar toch niet zo.'

'Kom nou,' siste ik tegen Pascal. Ik begon aan zijn arm te trekken.

In de kamer naast ons liep iemand heen en weer.

'Ik had toch nog van die palmwijn?' hoorde ik Liz zeggen.

Ik schrok. Ik wist precies waar de palmwijn stond: op het nachtkastje van Vienna.

Eindelijk kwam Pascal in beweging en ik sleurde hem de badkamer uit. Verderop zei Liz: 'Is Vienna soms terug? Het lijkt wel of ik haar parfum ruik.'

Maar toen waren we de kamer van Vienna al door en stonden we buiten.

'Rennen,' fluisterde ik.

Zonder om te kijken of we gezien werden, stormden we naar het huis van Pascal en daar klommen we zoals altijd door het raam zijn kamer in. We ploften neer op het bed. Eerst waren we te veel aan het hijgen om iets te kunnen zeggen. We staarden elkaar alleen maar verschrikt aan.

Toen zei Pascal verbaasd: 'Ze zijn geliefden, Jimmy en Liz.'

'Ja, dat moet wel.' Mooi woord, geliefden. In het Frans klonk het nog mooier: *amants*.

Pascal snuffelde in mijn haar. 'Je ruikt naar Vienna.'

'Nee hoor, dat lijkt maar zo.'

Die Liz! Wie had dat ooit kunnen denken?

Het onbekende meisje

'Dus Liz en Jimmy mogen van Vienna geen geliefden zijn,' zei
ik. We hadden onze lunch naar de kamer van Pascal gehaald
en ik propte een grote hap brood in mijn mond.

'En Jimmy is stiekem hierheen gekomen om Liz te ontmoe-
ten,' vulde Pascal aan, 'want hij kende haar al.'

'Echt?'

'Die afspraak in zijn agenda: contact Liz.'

Ik slikte mijn hap snel door. 'Maar waarom moest het stiekem?' Ik gaf zelf het antwoord al: 'Liz moet altijd maar werken voor Vienna. Ze heeft waarschijnlijk niet eens tijd om een
echte afspraak met Jimmy te maken.'

'En Jimmy wilde Liz voor zichzelf alleen hebben,' zei Pascal, 'Daarom heeft hij Vienna aan de politie verraden.'

'WAT?'

'Natuurlijk. Dat lijkt me logisch.'

'Denk je dat echt?'

'Ja hoor. Als je jaloers bent, doe je vreemde dingen. Heel
vreemde dingen.'

Ik staarde hem aan, maar Pascal vervolgde: 'We zagen
Jimmy de avond van de moord door de struiken rennen. Hij
wist dat Vienna een afspraak had met Amadou en heeft hem
toen gauw vermoord zodat de schuld op Vienna zou vallen en
zij door de politie zou worden meegenomen.'

Tevreden kneep hij een halve fles ketchup leeg op zijn tosti.
Pascal was dol op sauzen. Soms at hij ook brood met kom-
kommer (twee schijfjes) en mayonaise (tien eetlepels).

'Nu kan Jimmy eindelijk samen zijn met Liz.'

Ik keek met grote ogen naar de ketchupberg en zei: 'Toch
klopt het niet.'

'Wak?' vroeg Pascal met zijn mond vol.

'Waarom had Vienna dan dat afspraakje?'

Pascal zei niks.

'En bovendien is Jimmy geen moordenaarstype.'

'Hoe weet jij dat nou?'

'Ik kan het gewoon niet geloven.'

Dus besloten we zo snel mogelijk de andere hutten ook te doorzoeken.

Vogelman en Justin Buurman waren thuis en het zag er niet naar uit dat ze snel weg zouden gaan. De een zat een natuurboek te lezen en de ander zat gebogen over zijn computer.

Maar Gertie en Kalifa hadden, net als mijn ouders, ingetekend voor de *sunset cruise*. Dan werd je meegenomen naar een meer verderop en daar moest je dan wijn drinken in een boot, terwijl je naar de zonsondergang keek. Ik had nog erg mijn best moeten doen om thuis te mogen blijven.

Dus zolang de zon niet onder was, hadden we mooi alle tijd voor de hut van Kalifa en Gertie. Pascal maakte de deur open.

'Kijk nou, weer zo'n altaar!' Beeldjes, kralen, een of ander schedeltje. Zelfs een plastic gekko.

Pascal kwam dichterbij. 'Kalifa komt uit Senegal, toch? Ik wist helemaal niet dat hij zoveel ophad met de Diola.'

Ik pakte de nepgekko op. 'Weet je nog dat Charlotte, de tante van Abbe, op die nacht dat Amadou was vermoord bij Kalifa en Gertie was? We weten nog steeds niet wat ze daar deed.' Gedachtenloos kneep ik in de plastic gekko. Een keihard gepiep schalde door het hutje en we schrokken allebei vreselijk. Maar er kwam gelukkig niemand binnen.

'Kijk eens hier.'

In een hoek van de kamer stonden twee plastic tassen. In de ene zaten oude barbies, in de andere kleren. Truitjes en een spijkerrok, allemaal heel hip en zeker niet van Gertie. Ik tilde een van de barbies aan haar haar omhoog. 'Zouden ze dit ook uitdelen aan de kinderen hier? Net als die snoepjes die Gertie altijd bij zich heeft?'

'En wat is dit?' Pascal pakte iets op van het altaartje. Het was een portret van een zwart meisje.

'Dat lijkt wel dat zusje van Amadou, Seleka.'

Pascal schudde zijn hoofd. 'Nee, dit meisje is ouder en ook niet zo zwart.'

'Wie is het dan? Zou het soms hun kind zijn?'

'Hebben ze een kind dan?' Daar had Gertie nooit iets over gezegd.

Het was in ieder geval erg vreemd en ook een beetje eng en ik zei dat we Gertie en Kalifa extra goed in de gaten moesten houden om uit te vinden wie dit onbekende meisje was en wat Kalifa van plan was met die Diola-magie. We waren zo verdiept in ons gesprek dat we vergaten voorzichtig te zijn toen we de hut uit kwamen.

Een stem zei: 'Pascal, Isabel! Kalifa is er niet, hoor.'

Justin Buurman stond voor de deur met zijn armen over elkaar. 'Verkeerde hut, jongens?'

We bloosden allebei. En tot overmaat van ramp kreeg Pascal de deur niet op slot. De tandarts liet hem rustig een tijdje stuntelen. Volgens mij vond hij het erg komisch.

Ik verzon snel een list. 'We waren eigenlijk op zoek naar u.'

'Naar mij? Bij Kalifa Latifa in de hut?' De tandarts trok zijn wenkbrauwen op en ik zei: 'Ik wilde u interviewen, mag dat? Het is voor de reisgids.'

Justin Buurman en Pascal keken me allebei stomverbaasd aan, maar ik zei dat ik mijn ouders aan het helpen was met een hoofdstukje over Afrikaanse kinderen en gezondheid. Het kwam er zo vlot uit dat ik bijna bang werd van mezelf. Maar ik dacht: als ik Justin ga interviewen in de eetzaal, kan Pascal mooi zijn hut doorzoeken.

En het werkte! Ik weet niet of Justin mij echt geloofde, maar hij vond het wel grappig geloof ik, dus hij zei dat ik hem 'bij een borreltje' gezelschap kon houden.

Pascal liep eerst nog een heel stuk mee, maar toen begreep

hij het eindelijk. 'Ik ga even het gras maaien,' zei hij.

'Het gras maaien?' Justin Buurman grijnsde breed. 'Welja jongen, ga jij het gras maar eens maaien. Veel succes.'

Justin Buurman was tandarts geworden omdat zijn vader ook tandarts was. Hij had ook een broer en die was dokter. 'Ik ben opgegroeid met de eed van Hippocrates,' zei hij.

'Wat is dat?'

'Dat je mensen moet helpen. Dat het onze plicht is om zo veel mogelijk levens te redden. Of in ieder geval kiezen.'

Ik schreef op: *kiezen redden.*

'Was uw vader een aardige man?' vroeg ik en Justin keek op. 'Nee dat was hij niet. Niet zoals jouw vader, die jou, naar ik aanneem elke avond een nachtzoen komt geven en die je laat paardjerijden op zijn rug.'

'Nou, paardjerijden...' Ik begon te giechelen. Dat was wel héél lang geleden.

'Mijn vader was een fantastische tandarts, maar hij was geen aardige vader,' ging Justin door. 'Eigenlijk weet ik niet eens zeker of hij wel wist dat hij twee zoons had. Maar dat lijkt me allemaal niet erg interessant voor jouw reisgids.'

Ik dacht aan mijn eigen, vrolijke vader. Als je een glas brak, riep hij monter: 'Scherven brengen geluk' en als ik tegen hem snauwde zei hij 'Onze Isabel is nou eenmaal een pittige tante'.

'Waarom bent u reizende tandarts geworden?'

'Waarom ben je zelf op reis?'

Ik staarde hem aan. 'Nou, omdat mijn ouders dus die...'

'Als je reist, zeurt niemand aan je hoofd,' zei Justin. En er volgde een langdradig verhaal over stomme regels in Nederland en spullen die wel goed waren maar toch verboden omdat het nog niet genoeg getest was of zoiets. Over zilveren vullingen die veel beter waren dan witte en over de laatste mode om overal maar een verdovingsprik voor te geven.

'Mijn vader verdoofde alleen bij het trekken van de verstandskies. Tegenwoordig willen mensen al een verdoving als ze hun mond alleen maar open doen.'

Dus op een dag had Justin een bus gekocht en was gewoon vertrokken. 'Je koopt een paar vergunningen en je gaat je gang maar. Heerlijk, er is niks zo fijn als kiezen redden!'

Ik onderstreepte *kiezen redden*.

'Hoeveel kinderen heeft u al geholpen?'

'Te weinig,' zei Justin bescheiden.

Op dat moment kwam Vogelman binnen. Hij zag Justin en kwam naar ons toe. 'Stoor ik?'

'Twee hutten doorzocht!' zei Pascal triomfantelijk.

Ik was doodmoe. Nooit geweten dat mensen interviewen zo saai was. Al dat gepraat over tandbederf en ondervoeding. En dan die Vogelman er ook nog bij met zijn geklets dat het allemaal mis ging in Afrika omdat 'die zwarten' niet wisten wat goede gezondheidszorg was. Ik had enorm veel zin om minstens een uur met een roddeltijdschrift en mijn iPod op bed te gaan liggen. Maar Pascal wilde mij natuurlijk eerst alles vertellen over zijn spionage-actie. 'Ja?'

Pascal trok een gewichtig gezicht. 'Bij de tandarts alleen maar tandartsdingen en papieren. Ik heb met mijn mobieltje wel wat foto's gemaakt van de documenten.'

'Documenten?'

'Douanepapieren, bijsluiters van medicijnen.'

'O, interessant. En Vogelman?'

Pascal keek een beetje verlegen. 'Hij had foto's, Iza Belle.'

'Wat voor foto's?'

'Van zwarte mannen.'

Ik staarde Pascal aan. 'Vogelman???'

'Ja, gek he? Enne... Het waren niet zulke keurige foto's, Iza Belle.'

'Spannend,' zei ik.

Maar Pascal zei: 'Dat mogen we eigenlijk niet zien.'

'Wat ben jij ineens braaf geworden.'

Pascal haalde zijn schouders op. 'Met Amadou heeft het toch niets te maken. Het waren foto's van mannen, niet van jongens.'

Ik knikte. 'Dus niks over Amadou? Niets dat erop wijst dat Justin of Vogelman iemand vermoord heeft?'

'Nee.'

'Dus Jimmy en Liz blijven de belangrijkste verdachten.'

'En Kalifa en Gertie.'

'O ja. Het altaar voor het onbekende meisje. Maar wat heeft zij met Amadou te maken?'

Seleka

Seleka was het zoetste kind dat je je kunt voorstellen. Soms woonde ze in het dorp, soms bij haar vader in de Hippo Bar. Als hij aan het werk was, zat zij rustig naar hem te kijken. De enige keer dat ik haar boos zag, was bij de tandarts, maar dat was logisch.

Toen Amadou dood was, begon Seleka achter mij aan te lopen als een hondje. Zo lief! Bij het eten zat ze op mijn schoot en 's ochtends kwam ze heel vroeg mijn kamer binnen en kroop in mijn bed.

'Isabel is een geboren kinderoppas,' hoorde ik mijn vader tegen mijn moeder zeggen. En Gertie lachte en kwam weer op de proppen met haar zakken snoep. 'Kijk eens, schatje.'

'Mevrouw, u bezorgt mij veel te veel werk,' zei Justin Buurman streng.

Gertie bloosde. 'Ach, deze kinderen krijgen bijna nooit iets lekkers.'

'Daar zou ik maar niet zo zeker van zijn.'

Seleka graaide naar het snoep en Gertie stopte er snel weer een paar terug. 'Die zijn voor later.'

'Heb jij eigenlijk kinderen?' vroeg ik achteloos.

Gertie keek op. 'Ja, hoezo?'

'Jongens of meisjes?'

'Een dochter.'

Ik dacht aan het kindje op de foto, wat was er met haar gebeurd? 'Leeft ze nog?'

Gertie keek me bevreemd aan. 'Ja, natuurlijk.'

'Waar is ze dan?'

'Ziggy is in Duitsland.'

'Alleen?'

'Ja hoor. Ze is al groot. Achttien, bijna negentien.'

'Achttien?' Ik staarde haar aan en gelukkig zei Justin toen iets over lastige pubers.

'Ziggy is helemaal niet lastig,' snauwde Gertie en toen liep ze met grote stappen weg.

Er kwam een politieauto, precies toen we zaten te ontbijten. We zagen allemaal hoe Vienna uitstapte. Liz sprong overeind en rende naar buiten. Ik keek naar Pascal, maar die staarde naar Jimmy, die nu alleen aan een tafel zat.

En ineens keek iedereen naar Jimmy. Met een plotseling gebaar schoof hij zijn stoel naar achteren en liep ook naar buiten toe.

'Wat is er toch allemaal aan de hand?' vroeg mijn moeder.

'Ik denk dat ze Liz en Jimmy komen arresteren,' zei ik.

'Wat?' vroeg mijn vader veel te hard.

'Liz en Jimmy zijn geliefden.'

'Hoe weet jij dat nou weer?'

'Dat is toch geen reden om iemand te arresteren,' zei mijn moeder tegelijkertijd.

'Wel als ze Vienna uit de weg wilden hebben.'

Mijn vader begon bulderend te lachen. 'Te veel politieseries gezien.'

'Helemaal niet. Dit is het echte leven.'

'Ik geloof er he-le-maal niets van.'

'Dan geloof je het niet. Je zult het toch wel merken.'

Maar het liep anders. Eerst kwam Vienna terug.

Toen kwam Jimmy terug. Toen kwam Liz terug. Jimmy liep op haar af, maar Liz verdween met Vienna in haar hut. Daar bleven ze heel lang en toen ze eruit kwam kon je zien dat Liz gehuild had.

'Wat zou er gebeurd zijn?' vroeg Pascal.

'Konden we het maar aan Vienna vragen.'

Wat zou het fijn zijn als ik gewoon kon binnenstappen en zeggen: 'En? Is Jimmy de moordenaar?' In plaats daarvan liepen Pascal en ik maar onopvallend heen en weer te drentelen voor de hutten van Vienna en Jimmy.

Maar toen kwam er ineens hulp uit onverwachte hoek: Seleka. Ineens zag ik haar zomaar de hut van Vienna in dribbelen.

'Seleka!' Ik rende haar achterna. De deur stond op een kier en ik liep naar binnen. 'Is Seleka hier?'

Het was heel gek om weer in de kamer te zijn waar ik de dag tevoren nog gespioneerd had. Seleka zat op de grond met Vienna's sjaaltjes te spelen. Vienna zelf hing op bed met een tijdschrift.

'Laat haar maar, hoor. Ik heb er geen last van.'

'Echt niet?' Ik liep langzaam naar haar toe. Vienna's gezicht was bleek en ik zag zelfs een paar pukkeltjes 'Gaat het?'

Vienna keek op. 'Lief dat je het vraagt. Nee, het gaat niet. Ik ben twee dagen vastgehouden op een politiebureau en nu blijkt dat mijn assistente een verhouding heeft met de tuinman.'

'Met Jimmy? Ja, dat wist ik.'

'Het lijkt wel alsof iedereen het wist behalve ik,' zei Vienna.

'Ik wist niet dat hij tuinman was.'

Vienna lachte schamper. 'Hij moest toch een smoes verzinnen waarom hij naar dit stomme Diola-hotel kwam? Hij kon moeilijk zeggen: ik ben eigenlijk maar een tuinman en ik ben stiekem achter mijn meisje aan gekomen.'

'Maar waarom stiekem?'

Vienna haalde haar schouders op. 'Liz is mijn assistente.'

'Ja?'

'Weet je hoe slopend het is om dit werk te doen? Vier optredens per week, soms vijf. Tussendoor de studio in om nieuwe nummers op te nemen. Interviews. Contracten. Fanmail.'

Het leek me wel een leuk leven, maar Vienna zei: 'Zonder assistente zou ik compleet instorten. Ze moet dag en nacht voor me klaarstaan. Een relatie is voor haar onmogelijk.'

'Bedoel je dat Liz geen vriend mag hebben?'

Vienna keek me koel aan. 'Ik betaal haar om er dag en nacht te zijn en dat weet ze.'

'O.'

Het was even stil terwijl we allebei naar Seleka keken, die een lange slang van sjaaltjes had gemaakt.

'En nu?'

'Liz moet kiezen: haar vriendje of haar baan. Aan het eind van de dag geeft ze me antwoord.'

'Gaga,' zei Seleka tegen Vienna.

'Wat?'

'Ze kan nog niet praten,' zei ik.

'Zo klein is ze toch niet?'

'Nee, maar haar vader praat Diola met haar. Dus dat leert ze eerst.'

Vienna keek nog eens goed. 'Dat is toch dat zusje van Amadou? Arm kind.'

Ik durfde het bijna niet te vragen. 'Hoe zat dat nou met Amadou? Had je echt een afspraakje?'

Vienna zuchtte. 'Ja, en daar heb ik inmiddels erg veel spijt van.'

'Maar wat wilde je dan van hem?'

'Ach.' Vienna liet zich achterover in de kussens vallen. Gelukkig was ze al net zo'n kletskous als mijn nichtje Cleo, dus even later vertelde ze me het hele verhaal.

'Ik had al zo'n vermoeden dat er iets gaande was tussen Jimmy en Liz, maar zij ontkende het steeds. En die Amadou was zo'n lekker brutaal ding, die liep overal rond. Dus ik wilde hem vragen om voor mij Liz een beetje...in de gaten te houden.'

'En, heeft hij dat gedaan?'

'Zover zijn we nooit gekomen. Toen ik aankwam bij die boom om het te bespreken, was hij al dood.' Vienna wreef in haar ogen. 'Het was hartstikke eng.'

'Ben je weggerend?'

'Ik schrok me rot.'

Ik was stil en dacht aan Amadou in zijn eentje onder de boom.

Vienna zei klagerig: 'Het was echt de ergste nacht uit mijn leven. Zo donker, ik verdwaalde steeds in dat rotbos. En er was een of ander reusachtig beest dat steeds heel hard krijste.'

'De gekko.'

'Wat? En toen kwam ik ineens bij zo'n hutje waar ze palmwijn hadden gemaakt. Heb ik daar nog midden in de nacht een halve fles van die troep zitten drinken met volslagen vreemden.'

'En toen kwam je Pascal en mij tegen.'

'Dat weet ik niet meer, hoor. Het was echt vreselijk. Ik wil het zo snel mogelijk vergeten.'

'Maar,' zei ik langzaam, 'jij denkt dus niet dat Jimmy Amadou vermoord heeft?'

Vienna keek me verbaasd aan. 'Jimmy?'

'Ja, zodat jij de schuld zou krijgen...' Ineens vond ik het zelf ook ongeloofwaardig klinken. Jimmy had die avond natuurlijk gewoon ergens met Liz zitten te zoenen.

'Volgens mij is Amadou vermoord door iemand van hier,' zei Vienna. 'Iemand die aan een bepaald soort voodoo doet. Eerst die grigri, daarna moord.'

'Denk je?'

'De politie heeft vers bloed van een of ander beest gevonden naast die boom. En toen ik aan kwam, smeulden er nog allemaal kleine vuurtjes.'

Ik dacht aan het altaar op Abbes kamer en aan dat op de kamer van Kalifa en Gertie.

'Bella!' zei Seleka ineens heel hard en ze wees naar mij. Het was haar eerste woordje.

Ruzie

'Kunnen we nu eindelijk weg?' vroeg de tandarts.

Maar de politie gaf nog steeds geen toestemming en Justin liep rond als een leeuw in de dierentuin die nodig gevoerd moet worden.

Mijn moeder deed nu het grootste deel van haar onderzoek voor de gids per radio-telefoon. Ze had een professor gevonden die gespecialiseerd was in de Diola, dus ze was erg vrolijk, zoals altijd wanneer ze veel te schrijven heeft.

Iedereen was blij dat Vienna weer terug was. Vooral Kalifa. Tegen Pascal zei hij dat hij in Engeland een cd met haar wilde gaan opnemen. 'The Kalifa Latifa Band featuring Vienna', en dat hij al een nummer voor haar aan het schrijven was. Hij had zelfs al een titel: 'Jungle Mysteries'. Ik vond het wel goed klinken.

Vienna kwam haar hut bijna niet uit, maar toen ze naar de receptie ging om een paar faxen te laten versturen, zag Kalifa zijn kans schoon.

'Ze denkt erover na,' zei hij opgewonden en hij zwaaide met Vienna's visitekaartje.

Gertie kwam met grote stappen aanlopen.

'Jungle Mysteries! Ik ga haar een demo sturen.'

Gertie zei niks en Kalifa glunderde: 'Dat gaat wel lukken hoor. The Kalifa Latifa Band featuring...'

'Kalifa!' zei Gertie dreigend.

Kalifa stopte met praten, zijn mond nog halfopen.

Gertie zei: 'Altijd maar die muziek. We waren hier voor iets heel anders, weet je nog?'

'Liefje...'

'Of betekent dat soms minder voor je dan je muziek?'

'Natuurlijk niet,' zei Kalifa snel.

En ze verdwenen in de richting van hun hut.

Ik keek ze verbaasd na en voor de zekerheid bleef ik de hele dag in de buurt rondhangen.

En ja hoor, tegen de avond werd ik voor mijn geduld beloond. Ineens gingen alle lichten in Kalifa's hut uit en meteen daarop kwamen ze allebei voorzichtig naar buiten geslopen.

Ik sprong snel achter een boom. Kalifa ging voorop en daarachter kwam Gertie, die de plastic zakken droeg, die ik al eerder in hun kamer had gezien. De barbies en de meisjeskleren. Mijn hart sloeg ineens heel snel. Wat gingen ze doen met die barbies? Wat ontzettend stom dat Pascal er nu niet bij was.

Gertie en Kalifa keken allebei zenuwachtig om zich heen en ik bleef doodstil staan achter mijn boom. Toen verdwenen ze snel en geruisloos in het bos.

Pas een paar minuten later durfde ik achter ze aan te gaan. Het was inmiddels pikdonker. In de struiken ritselde het vervaarlijk. Wat was het? Slangen? Wilde honden?

Ik bleef stilstaan. Shit, waar was het pad nou? Alles was zwart boven, onder en naast me. Het zweet brak me uit en ik moest een paar keer diep ademhalen. Als mijn ouders dit wisten... Wat moest ik doen? Was ik maar zo slim geweest om een zaklamp mee te nemen.

Toen kreeg ik gelukkig een idee. Mijn mobieltje hing aan mijn riem! Die was hier totaal zinloos omdat er geen verbinding was, maar daarom was het wel nog steeds helemaal opgeladen. En er zat een zaklamp op!

Even later viel het licht als een witte streep op de struiken.

Er was geen pad. Alleen maar dikke bomen en dichte struiken op de grond. Het bos drukte me neer, kneep me fijn... Waar was de uitgang?

Ik rende terug en stond midden in de varens. Was ik zo gekomen, of ging ik nu alleen maar dieper het bos in? Zweet gutste over mijn rug.

Toen zag ik ineens een klein lichtje tussen de bladeren door flikkeren. Was dat Gertie? Nee, ik zag veel meer lichtjes. Het waren... de olielampjes van de Hippo Bar! Ik was in ieder geval gered.

Ik liep zo kalm mogelijk terug naar mijn hut. Er zat niets anders op, ik moest wachten tot Gertie en Kalifa terug kwamen.

Toen ik mijn kamer weer in kwam, zat Pascal op mijn bed.

'Iza Belle.' Hij sprong snel overeind. 'Ik heb iets ontdekt.'

Terwijl hij dat zei, viel er wat van zijn schoot. Mijn hart klopte nog steeds veel te snel. 'Wat doe je hier?'

'Op jou wachten,' zei Pascal. 'Iza Belle, luister...'

Ik liep met grote stappen naar hem toe.

'Dat is mijn notitieboek.'

Ik dacht aan de bladzijde waarop ik laatst vijfhonderd keer PASCAL had geschreven.

Pascal keek naar de grond. 'Het spijt me.'

'Wat?'

'Ik dacht dat het een gewoon boek was.'

Toen werd ik pas echt kwaad.

'Het is geen gewoon boek. En het is van mij! Daar moet je afblijven!'

'Dat weet ik wel, maar...'

'Waarom doe je het dan, sukkel!'

Pascal zei niks meer en ik gilde: 'Ga weg!'

Even keek Pascal mij gekwetst aan, toen liep hij snel naar de deur.

'Wacht!' Ik had meteen spijt en liep achter hem aan. Maar Pascal was al verdwenen.

De tranen sprongen in mijn ogen. Wat had ik gedaan?

De deur van de kamer naast me ging open. 'Alles goed?' vroeg mijn vader. Achter hem zag ik mijn moeder achter haar laptop zitten.

Zonder antwoord te geven, liep ik mijn kamer weer in. Maar zo snel heb je mijn vader niet afgeschud. Een seconde later zwiepte de deur open en kwam hij ook binnen. Hij ging op mijn bed zitten.

'Tegen wie schreeuwde je zo? Toch niet tegen Pascal?'

'Dat gaat je niks aan.'

'Wel dus. Arme jongen.'

'Hij zat stiekem in mijn opschrijfboek van oma te lezen.' Ik werd nog heet als ik eraan dacht.

'Aha,' zei mijn vader.

'Mag ik nu naar bed?'

'Naar bed?' vroeg mijn vader verbaasd. 'Om acht uur?'

'Ik ben moe.'

Ik liep naar de badkamer, maar mijn vader zei: 'Isabel, loop nu niet weg.'

Als hij zo'n stem opzet, weet je dat het menens is. Dus ik draaide me langzaam weer om.

Mijn vader klopte op het bed. 'Kom eens zitten.'

'Moet dat?' Ik keek hem aan en liet me op het bed zakken.

Mijn vader was even stil. Toen zei hij: 'Jij kan soms zo'n vaatje buskruit zijn.'

'Wat is dat nou weer?'

'Dat je zo snel zo woest kan worden. Je bent al net zo gevoelig als je moeder, Isabel. Soms is dat voor gewone jongens zoals ik maar lastig te begrijpen. Twee van die felle dames in huis.'

'Hm.'

Mijn vader keek naar me. 'Je bent een geweldige meid, Isabel, en ik begrijp best waarom die Pascal zijn ogen niet van je af kan houden.'

'Laat hem erbuiten, ja?'

'Maar het gaat om hem. Of om jou, hoe jij omgaat met de mensen om je heen. Je zult moeten leren je een beetje te beheersen, anders jaag je iedereen van je weg.'

'Maar hij las...'

'Ja, dat weet ik wel en dat is ook niet netjes. Hij moet zijn excuses maken.'

'Dat heeft hij al gedaan.'

'Dan is het toch goed? Isabel, dat boek slingert overal in het rond. Als je echt niet wilt dat iemand het ziet, moet je het beter opbergen.'

Ik begon me behoorlijk te schamen en dat zag mijn vader ook wel. Dus niet veel later stond hij op en aaide me over mijn haar.

'Hij komt wel terug, hoor. En dan zeg jij gewoon sorry.'

'Denk je?' Mijn stem klonk ineens heel pieperig.

'Natuurlijk. Nogmaals: je bent een geweldige meid.'

Maar zo voelde ik me helemaal niet.

Ik bleef nog uren op de veranda voor onze hut zitten in de hoop dat Pascal zou komen. Maar hij ging zelfs niet naar de keuken om cola te halen. Ik zat daar heel stil met mijn fototoestel te spelen en me af te vragen of het nu uit was.

Het was al heel erg laat en iedereen sliep, toen ik ineens voetstappen in de struiken hoorde. Gertie en Kalifa! Ik was ze helemaal vergeten. Gauw sprong ik op en sloop naar hun hut toe. Er was iemand bij ze. Toen ik dichterbij kwam, zag ik dat het Abbe was, de kok.

Gertie was haar sleutel aan het zoeken. Aan haar arm wapperden de plastic zakken – leeg. Kalifa stond naast haar. Hij zag er moe uit. Abbe sloeg hem op zijn rug. 'Eindelijk is die slechte geest verdwenen,' zei hij.

'Denk je?' vroeg Kalifa met een klein stemmetje. Zo kende ik hem helemaal niet.

'Jazeker. Jullie hebben gedaan wat je konden en als je thuiskomt, is je dochter vast weer helemaal beter.'

'Ik ga morgen meteen bellen,' zei Gertie. Ze stak de sleutel in het slot. 'Hoe kunnen we je ooit bedanken, Abbe?'

'Bedank Charlotte maar.'

'Charlotte... Ze was nog sterker dan de vorige keren,' zei Kalifa zacht, ik kon hem bijna niet verstaan.

'Het leek wel alsof ze zelf gek werd,' mompelde hij.

'Het laatste ritueel is altijd het zwaarste,' zei Abbe.

Kalifa mompelde een paar woorden die ik niet verstond.

Maar toen zei Gertie iets waar alle haren op mijn arm recht van overeind gingen staan. 'In ieder geval is die jongen niet voor niets gestorven.'

'Voor Ziggy,' zei Kalifa.

Ik versteende achter mijn boom. Welke jongen? Amadou? Wat hadden deze twee mensen en hun dochter Ziggy in vredesnaam met zijn dood te maken?

Toen viel de deur dicht. Abbe draaide zich om en liep in de richting van zijn kamer. Hij kwam vlak langs me, ik hoorde hem zachtjes zingen.

De voodoo-monsters

Als versteend lag ik in mijn bed met het olielampje naast me. Ik zag door de grauwsluier van het muggengaas de vlam langzaam kleiner worden tot hij uiteindelijk helemaal uitging. Buiten veranderde de lucht van zwart in grijs en daarna in oranje.

Ik wilde heus wel slapen, want ik was doodmoe. Maar ik kon niet. Ik lag daar maar aan de meest afschuwelijke dingen te denken. Charlotte met haar kale kop en dode ogen. Die schijnheilige Gertie die zei dat Amadou niet voor niks was gestorven. En daardoorheen spookten er alsmaar beelden uit Cleo's meest griezelige voodoo-films door mijn hoofd. Ik zweette als een gek.

En toen was de nacht ineens voorbij zonder dat ik had geslapen. Om half zeven hield ik het niet meer uit en sloop naar buiten. Er was nog niemand op, alleen vogels. Maar ik wist wat me te doen stond: naar de keuken. Abbe uithoren over wat er gebeurd was gisteravond. Het was de enige mogelijkheid.

'Isabel, wat ben jij vroeg.' Abbe brak eieren boven een grote schaal.

Ik plofte op een stoel. 'Ik kon niet slapen. Ik moest steeds aan Ziggy denken,' zei ik, 'die dochter van Gertie en Kalifa.'

Abbe keek me onderzoekend aan. 'Wat weet jij van Ziggy?'

'Dat ze ziek is,' zei ik voorzichtig.

'Ziek? Ja, dat kan je wel zeggen als je bezeten bent door een kwade geest.'

'Als je... WAT?'

'Wist je dat niet?' vroeg Abbe en hij sloeg een hand voor zijn mond.

'Ik dacht dat ze gewoon ziek was.'

'Welnee,' zei Abbe. Hij boog zich iets dichter naar me toe. 'Het ene moment is er niks aan de hand. En vlak daarna rent ze gillend door het huis alsof ze waanzinnig is en maakt beestachtige geluiden. Daarna trilt ze van top tot teen en spuugt geel schuim uit.'

Ik probeerde het me voor te stellen, maar ik zag steeds een aapachtig gillende Gertie voor me.

'Misschien is er iets niet goed in haar hoofd,' zei ik. 'Bij Ziggy bedoel ik.'

'Gertie en Kalifa zijn met haar naar de allerbeste dokters geweest en wat denk je?' Abbe begon nu te fluisteren: 'Helemaal niks.'

'Niks?'

'Nee, ze konden niks vinden. Ogenschijnlijk is Ziggy kerngezond.'

Ik keek Abbe nieuwsgierig aan. 'Dus?'

'Gelukkig komt Kalifa uit Senegal en weet hij iets van geesten. Daarom is hij naar Charlotte toe gekomen.'

'Waarom dan?'

Abbe keek geschokt. 'Weet je dat niet eens? Charlotte is wereldberoemd. De mensen komen helemaal uit Gambia en Guinnee naar haar toe omdat ze zo goed is in het uitdrijven van kwade geesten die mensen gek maken.'

Ik staarde Abbe alleen maar aan en hij mopperde: 'Wat schrijven jouw ouders eigenlijk in die gidsen van ze?'

Maar ik zat aan iets anders te denken.

'Wat heeft Amadou daar dan mee te maken?'

Abbe kneep zijn ogen samen. 'Hoezo?'

'Ik hoorde Gertie over hem praten.'

'Van mij hoor je niks meer,' zei Abbe en begon woest de eieren te klutsen tot ze schuimden. Maar later verklapte hij het toch.

Voor het geval je het wil uitproberen: een geestuitdrijving duurt dus drie weken. In de eerste week haal je de geest uit het lichaam van de bezeten persoon (in dit geval Ziggy, het gaf niet dat ze er zelf niet bij was), in de tweede week dood je de geest en in de derde week verbrand je de spullen waar de geest nog in kan zitten (zoals oude kleren, of oud speelgoed). Dat waren dus die plastic tasjes die ik gezien had!

De eerste keer dat Charlotte bezig was geweest met Ziggy, was niet veel later Amadou bij diezelfde baobab gevonden met zijn vernielde grigri. En het tweede ritueel was precies op die vreselijke nacht toen Amadou stierf. Ze waren net klaar toen Amadou kwam (dat waren dus de vuurtjes die Vienna had gezien!).

Dat was wel heel toevallig. En daarom dachten Gertie en Kalifa dus dat bij het eerste ritueel de slechte geest van Ziggy naar Amadou was overgestapt. En dat Charlotte de tweede keer, toen ze de geest doodde, per ongeluk de hele Amadou had gedood.

'Dat kan natuurlijk helemaal niet,' zei Abbe, terwijl hij zijn geklutste eitjes spetterend in een enorme koekenpan liet glijden.

Ik staarde hem aan. Waarom eigenlijk niet? Ik heb niet zoveel voodoo-films gezien als Cleo, maar dit weet ik wel: met geesten weet je het maar nooit.

Ik kon niet wachten om Pascal te vertellen wat ik had ontdekt. Maar dat was een teleurstelling. Pascal zei alleen maar heel ongeïnteresseerd: 'Leuk voor je.'

'Maar dat is toch afschuwelijk? Heb jij nooit van zoiets gehoord – dat iemand moest sterven om een ander beter te maken?'

'Nee.'

'In ieder geval is die jongen niet voor niets gestorven.'

Pascal haalde zijn schouders op. 'Jij weet niets van de Diola. Niets.'

Ik staarde hem na. De ruzie was duidelijk nog niet afgelopen.

Maar ik had geen tijd om daar lang over na te denken want

niet veel later verschenen Gertie en Kalifa stralend aan het ontbijt – alsof het hun huwelijksreis was. Hun haren waren nat en ze roken naar groene appeltjeszeep. Ze hadden kleine ogen van de slaap, maar daarmee wierpen ze elkaar de hele tijd verliefde blikken toe.

Ik werd een beetje misselijk van ze. Want ik zag nu niet meer een vrolijke muzikant met zijn zenuwachtige vrouw, ik zag twee voodoo-monsters met glibberige kwallen op de plek van hun hart.

Ik ging expres bij hen aan tafel zitten.

'Nog wat toast, lieverd?' Gertie had zelfs schattige roze blosjes op haar wangen.

'Heerlijk. Jij een beetje van dat lekkere rode sap?'

Er gutste een slok over de rand van het glas en ik zei: 'Kijk, net bloed.'

'Zullen we vandaag wat ei bestellen?' vroeg Gertie lief aan haar man.

'Welja, we doen alsof het zondag is,' zei Kalifa.

'Kippenbloed misschien,' zei ik peinzend terwijl ik een paar druppels van het sap uitsmeerde over het witte tafelkleed, 'of geitenbloed...'

Gertie keek naar me alsof ik een bedelende zwerfhond was. 'Hè Isabel, doe eens gezellig.'

'Sorry,' zei ik. Ik wachtte tot ze weer helemaal in elkaar opgingen. Toen zei ik hard: 'Van dat bloed dat je gebruikt bij een of ander Diola-ritueel.' Ik zag dat Pascal, die een tafel verder zat, begon op te letten. 'Je weet wel, zo'n ritueel om een geest te verdrijven.'

Gertie en Kalifa wierpen nu ongeruste blikken naar elkaar.

'Of een ritueel om iemand te beschermen,' ging ik onverstoorbaar verder.

'Gebakken of gekookt?' vroeg Gertie zenuwachtig.

'Gebakken,' zei Kalifa, 'maar dan niet met tomaat en worst erbij.'

'Zoals bij Amadou,' besloot ik tevreden. Ik keek naar hun

verschrikte gezichten. 'Hoewel dat ritueel helemaal niks heeft geholpen. Gek hè?'

'Abbe! Abbe, kom eens hier.'

'Gertie, lekker geslapen?' Abbe boog zich naar voren en fluisterde: 'Opgelucht?'

'Graag een ei, aan een kant gebakken, de dooier lekker zacht,' zei Gertie.

Abbe keek verbaasd. 'Voel je je wel goed?'

'Ik wil een gebakken ei. Maar niet met tomaat,' antwoordde Gertie en haar stem sloeg over.

Abbe keek naar Kalifa en die zei onverstoorbaar: 'En ook zonder worst.'

'Komt in orde,' zei Abbe kortaf en draaide zich om. Even ving ik Pascals blik op. Hij lachte!

Ik keek naar Gertie. 'Nog een beetje sap?'

'Nee, dank je. Het is... een beetje zuur, vind je niet?'

'Zuur?' vroeg ik verbaasd. 'Het is juist heel zoet.'

Gertie bestudeerde haar glas. 'Wat vind jij, Kalifa?'

'Als limonade. Kinderlimonade,' zei ik.

'Zuur,' zei Kalifa stug.

'Dat doet me eraan denken,' zei ik, 'hoe is het eigenlijk met jullie kind, met Ziggy?'

Kalifa stond met een ruk op van tafel. En Gertie pakte haar tas en gilde: 'Snoepje, Isabel? Snoepje?'

Misschien had ik naar mijn vader moeten gaan, maar na ons gesprek van de avond ervoor had ik daar weinig zin in. En Vienna had demonstratief de gordijnen van haar hut dichtgetrokken.

'Waar is Liz?' vroeg ik aan Jimmy.

Hij grijnsde. 'Dat moet je niet aan mij vragen. Ze heeft het uitgemaakt.'

'Echt? Dus ze kiest voor Vienna?'

'Dat denkt ze, ja,' zei Jimmy.

'Rot voor je.'

Jimmy zat er niet mee. 'Ach, die komt wel weer terug.'

Net als Pascal, dacht ik hoopvol.

Toen zag ik ineens Justin, de tandarts, voorbijkomen en ik herinnerde me wat Pascal had gezegd: 'Justin is een top-vent.'

'Justin! Kan ik even met je praten?'

'Met alle plezier, Isabel.'

'Het gaat over Amadou. Ik denk dat ik weet wie hem ver-moord heeft.'

Justin keek me scherp aan. 'Dat zou fantastisch zijn,' zei hij langzaam, 'hoe eerder dit gedoe over is, hoe beter. Loop je even mee naar mijn kamer?'

Gertie en Kalifa werden nog diezelfde middag gearresteerd.

'Het lijkt allemaal te kloppen,' had Justin peinzend gezegd, 'hoewel ik niet veel begrijp van al dat geestengedoe.'

'Ik ook niet echt, maar Gertie heeft letterlijk gezegd dat Amadou moest sterven om hun dochter beter te maken.'

De tandarts zuchtte. 'Wat een rotzooi allemaal,' zei hij en hij liep met me mee om de politie te gaan oproepen bij de receptie.

'Maar hoe kan dat nou?' vroeg mijn moeder even later ver-bijsterd. 'Hebben ze die jongen dan vergiftigd?'

'Het was een soort ongeluk. Amadou was precies op het verkeerde moment op de verkeerde plaats. Hij had toevallig ook bij diezelfde baobab afgesproken waar zij hun rituelen voor Ziggy hielden.'

'Ik begrijp het nog steeds niet.'

'De slechte geest is van Ziggy in Amadou gegaan. Daarom is zijn grigri kapot gegaan. En toen ze die geest wilden uitdrij-ven, stierf Amadou ook. Zo moeilijk is dat toch niet?'

Mijn moeder staarde me aan. 'Waar haal je het allemaal vandaan, Isabel?'

'Gewoon logisch nadenken.'

'Kennelijk gelooft de politie het ook,' zei mijn vader nadenkend. Hij keek naar mijn moeder. 'Interessant materiaal voor je reisgids.'

'Ach, schei toch uit.'

Die avond vertelde de vader van Pascal bij het eten dat de moord was opgelost. Iedereen was verbaasd dat die brave Gertie en Kalifa erachter zaten. Maar ze waren vooral opgelucht. Er moesten nog een paar kleine dingen gebeuren, maar dan mocht iedereen weer naar huis.

'Dan kunnen wij vrijdag nog vertrekken,' zei mijn vader tegen mijn moeder.

'Hoera voor Isabel,' riep de tandarts. Vienna, Liz, Jimmy en Vogelman keken allemaal naar mij en ik begon een beetje te blozen. Isabel Snoek, detective. Zou er ook een school zijn waar je dat kon leren?

Toen keek ik naar Pascal, maar die bestudeerde de tafel voor hem.

'Heb ik het niet gezegd,' snerpte Vogelman. 'Al dat zwarte bijgeloof leidt alleen maar tot ellende.'

Ik zag Pascal boos opkijken en voor ik het wist flapte ik eruit: 'Maar ze zijn wel mooi hè, die zwarte mannen? Je kunt er heel goed foto's van maken.'

'Isabel?' zei mijn moeder verbaasd. Maar mijn vader stootte haar aan en wees naar Vogelman. Die was ineens van kleur verschoten. Een ongezonde paarse blos kroop vanuit zijn nek naar zijn wangen.

'Pardon?' zei de tandarts.

Maar Pascal lachte en lachte.

Pascals geheim

Misschien had ik niet naar Pascal moeten luisteren.

'Het kan niet,' zei hij steeds. 'Het kan niet dat Gertie en Kalifa de daders zijn.'

'Nou, en?' had ik kunnen zeggen. 'Ze hebben zelf gezegd dat de geest van hun dochter waarschijnlijk in Amadou is gekomen en vervolgens zijn ze gewoon doorgegaan met hun rituelen. En wat dan nog? Amadou krijg je er niet mee terug. Laat het rusten.'

Maar in plaats daarvan begon ik zelf ook steeds meer te twijfelen. Ik had toch niet de verkeerde mensen naar de gevangenis gestuurd?

Ook Abbe keek me de hele tijd aan alsof hij mij het liefst wilde doodheksen. Het werd zo erg, dat ik pas in de buurt van de keuken durfde te komen als ik zeker wist dat hij er niet was.

Zo zat ik een dag of drie na de arrestatie 's middags snel een bord koude pasta te eten, toen Pascal binnenkwam. Ik schrok – maar hij lachte en zei: 'Goed idee, ik heb ook honger.' Hij rommelde wat in een kast en haalde een blikje sardientjes tevoorschijn.

'Heb je ook iets te drinken?'

'Hier.' Hij plantte een fles cola op tafel. Pascal kwam gezellig bij me zitten met zijn blikje. Het leek bijna alsof alles weer goed was – behalve dan dat Pascal sinds de dood van Amadou ineens veel droeviger ogen had gekregen.

'Hij was mijn bloedbroer,' zei hij nu steeds als iemand over Amadou begon. En dan vertelde hij hoe vaak ze samen in de bossen hadden gespeeld en wat Amadou allemaal had gedurfd: zwemmen naast een krokodil en een slang bij een nest jonge vogeltjes wegjagen. Het leek wel of Amadou elke dag fantastischer werd.

'Pascal,' zei ik daarom heel voorzichtig, 'als Gertie en Kalifa Amadou niet hebben vermoord, wie dan wel?'

Pascal haalde zijn schouders op en keek meteen weer somber. 'Hoe kan ik dat weten? Ik ben niet zo'n slimme detective als jij.'

Ik nam een te grote hap. 'De politie gelooft het toch ook?'

'Nou, dan zal het wel waar zijn.' Pascal begon de sardientjes met zijn vingers op te vissen en zorgvuldig de graatjes eruit te halen.

'Maar toen jij laatst bij me op de kamer was. Toen we... Vlak voor...'

'Vlak voor jij mij een sukkel noemde, bedoel je,'

'Ja, dat was niet zo slim.'

'Niet zo slim?'

'Ik bedoel, dat was niet aardig. En ook niet waar. Sorry.'

Pascal begon de olie van de sardientjes op te drinken en ik keek snel de andere kant op. 'Ik dacht dat alle Fransen fijnproevers waren.'

'Wat?'

'Jij houdt echt alleen maar van smerig eten.'

'En jij eet te snel.'

'Ik?'

'Ja, je schrokt.'

'Nou zeg. Je bent mijn vader niet.'

'Gelukkig niet, nee.'

Het werd bijna weer ruzie, dus ik zei snel: 'Sorry. Je bent geen sukkel. Ik heb trouwens toen ook al sorry gezegd.'

'Wat wou je nou zeggen?' vroeg Pascal.

'Dat wilde ik net aan jou vragen. Toen je bij me kwam die avond, zei je iets. Je had iets ontdekt.'

Pascal veegde zijn kin af. 'Wat heeft dat voor zin? De moord is toch al opgelost? Door onze geweldige Isabel Snoek.'

'Doe niet zo stom. Wat had je nou ontdekt?'

'Wil je dat echt weten?'

'Ja, natuurlijk. Misschien is het toch nog niet afgelopen.'

Pascal zag er ineens uit als een klein jongetje. 'Ik weet niet of ik het wel kan zeggen.'

'Waarom niet?'

'Omdat...,' Pascal keek naar zijn handen. 'Dat kan ik ook niet zeggen.'

'Tegen mij toch wel?'

'Dus ik kan jou vertrouwen?'

'Natuurlijk,' zei ik boos, 'wat denk je nou?'

Pascal boog naar me toe en keek me zo doordringend aan dat ik begon te blozen.

'Goed dan,' zei hij uiteindelijk, toen mijn hoofd begon te voelen als een grote, rode ballon die elk moment uit elkaar kon klappen. 'Kom vanmiddag naar mijn kamer, Iza Belle. Dan zal ik je iets laten zien.'

Toen kwam hij nog dichterbij. Ik hield mijn adem in en hij gaf me een lange zoen die glibberde van de sardientjes. Maar ik had nog nooit zoiets heerlijks geproefd!

Pascal, Pascal, Pascal!

Alles werd weer zilver. Ik was zo licht en opgewonden alsof ik met drakenvleugels van de hoogste berg was gesprongen. De gedachte dat we bijna weer terug naar Nederland zouden gaan, zette ik krachtig uit mijn hoofd. Vijf dagen kunnen heel lang zijn. Ik waste mijn haar en trok mijn mooiste jurk aan. In plaats van schoolwerk te doen, pakte ik mijn opschrijfboek. '*De Diola-moord is opgelost!*' schreef ik met grote letters boven aan de bladzijde.

Ik zocht de mooiste liefdesliedjes op mijn iPod en ging liggen lezen in een oud detectiveboek dat ik bij Pascals ouders had gevonden. Maar het echte leven was veel te vol van Pascal.

Eindelijk hield ik het niet meer uit. Eigenlijk had ik Seleka beloofd dat ik met haar zou gaan spelen, maar toen ik haar aan het zoeken was stond ik ineens zomaar voor het huis van Pascal. Terwijl ik door het raam naar binnen klom, voelde ik me als de ene helft van een politieteam dat na een nare onderbreking eindelijk weer samen op pad gaat.

Pascal was er nog niet. Ik zette een van onze liedjes op en ging in de hangmat zitten. Ik neuriede mee met de Franse zanger. Het ging over een vakantieliefde en Pascal had gezegd dat het over ons ging. Dat was niet alleen maar leuk, want aan het eind moesten de twee geliefden elkaar weer verlaten omdat de vakantie was afgelopen. Niet aan denken nu!

Toen zag ik dat de computer aan stond. Alsof Pascal die voor mij had klaargezet. Ik liep naar de computer en zag een of andere onleesbare tekst van kleine kriebelletters. Ik ging met het pijltje terug en kwam terecht bij Pascals foto-archief. Tot mijn verbazing was er een map 'Isabel'. Ik wist helemaal niet dat Pascal foto's van mij had gemaakt. Wanneer dan?

Isabel op de veranda. Isabel bij de rivier. De meeste foto's had hij waarschijnlijk vanuit de verte met zijn telefoontje gemaakt. Er was ook een close up: van toen ik in slaap was gevallen in de hangmat. Ik had mijn mond een beetje open en mijn wangen waren vreemd roze. *'Ma belle Isabelle'* had Pascal de foto genoemd. Mijn mooie Isabel. Ik schaamde me rot.

Buiten ritselde iets in de struiken en ik sprong snel weer in de hangmat. Maar het was een blauwige vogel.

Voorzichtig, mijn oren gespitst, sloop ik terug naar de computer. Er was een map die 'privé' heette. Zou daar die ontdekking van Pascal in staan?

Het zou mooi zijn geweest als ik zou kunnen zeggen dat ik even had geaarzeld. Privé is privé. Had ik niet zelf Pascal vreselijk op zijn kop gegeven toen hij in mijn notitieboek had zitten neuzen?

Ik aarzelde niet.

Het was een of ander ritueel. Ik zag mannen met veren en kralenkettingen, vuren, de tamtam. Wanneer was dit? Een rij jongens. En toen ineens Amadou. Ik schrok vreselijk toen ik hem zag. Amadou! Hij keek ernstig en in zijn hand droeg hij een masker. Een masker met stierenhoorns. Op de volgende foto had hij het op, samen met een paar andere jongens.

En toen wist ik ook wat dit voor ritueel was. De bukut. De geheime inwijding van Amadou. Pascal had foto's gemaakt van de bukut van Amadou. Waarschijnlijk met zijn mobiel. Eén foto viel me vooral op. Hoewel hij niet al te scherp was, zag je dat Amadou iets kreeg aangeboden van een oude man. Zijn grigri!

Maar... de bukut was toch geheim?

Scherp als een film zag ik voor me hoe Pascal door de bossen had geslopen, om de ceremonie heen had gecirkeld. Foto's had gemaakt.

'Als je jaloers bent doe je vreemde dingen. Heel vreemde dingen.'

Dat had Pascal zelf gezegd. Ik dacht terug aan de eerste keer dat hij mij over de bukut vertelde. Hoe verdrietig hij was dat Amadou wel mee mocht doen en hij niet. En Amadou had Pascal ermee gepest. Hij had zoiets gezegd als: 'Ik heb heel heftige dingen meegemaakt met de bukut. Dingen die jij je niet eens kan voorstellen.'

Hij noemde Pascal een *toebab*. Toen was Pascal volgens mij echt heel kwaad geweest, al liet hij dat niet merken. Wanneer was dat ook alweer? Bij de tandarts, op de dag dat Amadou...

Een erg onprettige gedachte kwam bij me op. Bijna ongemerkt was ik opgestaan. Ik begon te zoeken. In de laden van Pascals bureau. Ik zocht tussen zijn kleren, tussen de cd's.

En daar vond ik het. Ik kon bijna niet geloven dat het zo simpel was, maar het stond er gewoon. Een klein doosje met daarin een paar kralen, een amulet en een salamanderschedeltje, dat ongeveer zo groot was als de dop van een kleine walnoot.

Ik spreidde de spullen uit op Pascals bed en keek ernaar. De laatste keer dat ik dat schedeltje had gezien, bungelde het nog om Amadous middel.

Langzaam, heel langzaam kwam ik overeind. Ik zette de muziek uit. De vloer van de kamer golfde als ik eroverheen liep. De muren bogen naar me toe en gleden weer terug, als een of ander stom ding op de kermis. Mijn handen waren ijskoud.

Dus Pascal had het gedaan. Die dag dat Amadou hem bij de tandarts beledigd had, was Pascal Amadou gevolgd – net als bij de bukut – naar het bos. En bij de baobab had hij Amadous grigri kapotgemaakt. Terwijl hij wist hoe belangrijk die grigri voor hem was.

Het duizelde me. Ik kon bijna niet geloven dat Pascal – Pascal! – zo gemeen kon zijn. Maar voor me lag het bewijs, in de vorm van een schedel. Was dit het wat Pascal mij wilde vertellen? 'Kan ik je vertouwen, Iza Belle?'

Ineens kreeg ik haast. Ik moest weg, voordat Pascal binnen zou komen. Ik moest nadenken.

Over de liefde

Ik liep naar de rivier. Daar ging ik zitten met mijn voeten in het water. Een gekko gleed tegen een boom omhoog.

Pascal had de grigri van Amadou vernield.

Dan hadden Gertie en Kalifa er toch niets mee te maken. Maar als dat verhaal over die slechte geest niet klopte, klopte het ook niet dat ze Amadou vermoord hadden. En wie had dat dan gedaan?

De gedachte zweefde de hele tijd om mijn hoofd als een lastige vlieg. Ik joeg hem weg, maar hij kwam terug. *Hoe jaloers was Pascal eigenlijk geweest op zijn Diola-bloedbroer?*

Het zweet brak me uit. Pascal, wat heb je gedaan?

Ik schopte met mijn voeten in het water. Wat moest ik doen? Naar de politie, zei een stem in mijn hoofd. Hun zeggen dat Gertie en Kalifa onschuldig zijn. En dan? Zouden ze dan Pascal arresteren? De tranen sprongen in mijn ogen.

Maar meteen daarna werd ik boos. Heb ik eindelijk eens een vriendje, doet hij zoiets. Alles verpesten, er een rotzooi van maken. Nog maar een uur geleden was ik zo vreselijk verliefd geweest. Stond ik vrolijk mijn nieuwe jurk voor hem aan te trekken. En nu moest ik hem gaan verraden?

Ik keek naar de gekko in de boom voor me. Had dan ook nooit geschreeuwd, stom beest. Die nacht is alles wat mooi was lelijk geworden. Alsof je in een mislukte lachspiegel kijkt. Ik spette water op de boom en de gekko schoot snel weg.

Met wie zou ik kunnen praten? Met mijn ouders? Nee, ik schaamde me nu al. Liz, die ook verliefd was? Die had zelf haar Jimmy verraden voor Vienna, dus ik wist nu al wat ze zou zeggen. 'Ga naar de politie, Isabel.'

De tandarts dan? Hij had al eerder naar me geluisterd en Pascal had hem een topvent genoemd. Dat was toen Amadou de eerste keer bij de baobab was gevonden. Pascal was toen heel overstuur geweest – en ik begreep nu waarom: hij was het zelf die de grigri kapot had gemaakt. Maar daarna had hij heel lang met Justin Buurman gepraat en die had hem gerustgesteld.

Had hij het Justin verteld? Waarschijnlijk wel.

Ik stond op en liep naar de hut van de tandarts. Als Pascal het hem zelf al had verteld, was het toch niet zo erg dat ik er ook over begon?

Ik schrok toen er ineens iemand voor me stond. Vogelman. Hij keek op me neer met een vreemde grijns op zijn kop.

'Zo, dus je hebt mijn kleine geheimpje ontdekt?'

'Welk geheim?'

Vogelman keek naar me en zei op de peinzende toon die hij van Justin Buurman had overgenomen: 'Wat ik me afvraag, hoe ben je eigenlijk binnengekomen?'

'Door het raam. Eh...met een sleutel.' Ik was de foto's op Vogelmans kamer helemaal vergeten!

'Ach natuurlijk, een sleutel. Dom van mij dat ik daar zelf niet op gekomen ben.'

Ik keek hem wanhopig aan. 'Daar in de struiken zat net een heel mooie blauwe vogel.'

'Er zitten hier overal mooie vogels,' zei Vogelman. 'Blauwe. En groene. Ja, zelfs rode. Maar dat interesseert je allemaal niets hè?'

'Nee, eigenlijk niet.'

'Luister,' zei Vogelman en hij kwam nog iets dichterbij. 'Laat me je een advies geven. Gratis en voor niets.'

'En dat is?'

'Sommige geheimen moet je gewoon geheim laten. Je hoeft niet altijd alles te begrijpen.' Hij keek me even fel aan, toen liet hij mijn arm los. 'Parels voor de zwijnen. Je bent niets anders dan een dom klein meisje.'

Moest ik nu soms dankbaar zijn voor zijn 'advies'? Ik zag

hem tevreden wegsluipen met zijn verrekijker en zijn vogel-lijsten. Stomme tuinkabouter

Justin was niet in zijn hut, maar er klonk geluid van bruisend water in zijn tandartsbus. Ik klopte hard op de deur.

Justin deed open in zijn witte jas. 'Isabel. Wat verschaft mij de eer?'

'Ik moet met je praten,' gooide ik eruit, 'nu meteen.'

'Nu? Nee, dat kan niet. Ik ben net bezig met een behandeling.'

Ik probeerde de bus in te gluren, maar Justin trok de deur dicht.

'Kom over een uurtje maar naar de eetzaal. Drinken we weer een borreltje samen.'

'Nee, dat kan niet. Het moet nu.'

Justin trok zijn wenkbrauwen verbaasd op. 'Is dat een bevel?'

'Sorry, maar het kan echt niet wachten. Het gaat over de moord op Amadou. Ik heb iets ontdekt. Over... Pascal.'

Als de tandarts al wist waar ik op doelde, dan liet hij dat niet merken.

'En dat kan niet een uur wachten?'

'Nee.'

Justin zuchtte. 'Je bent wel bezig, Isabel.' Hij stapte naar buiten en sloot de deur achter zich.

'En die behandeling?' vroeg ik.

'De verdoving is aan het inwerken.' Hij ging op de veranda zitten. 'Hou het kort alsjeblieft.'

Ineens wist ik niet goed meer wat ik moest zeggen. Justin zag er in zijn witte jas zo dokterachtig en streng uit.

'Het gaat over die grigri,' zei ik.

De tandarts knikte. 'Heeft Pascal je erover verteld?'

'Eigenlijk niet. Maar ik heb de restanten ervan gevonden op zijn kamer.'

'Ja, en?'

'En nu weet ik niet wat ik moet doen.'

Het klonk net zo stom als ik me voelde. En natuurlijk zei de tandarts doodleuk dat ik het met Pascal zelf moest bespreken.

'Dan krijgen we vast weer ruzie,' zei ik.

De tandarts haalde zijn schouders op en ik probeerde het uit te leggen. Dat ik zo bang was om Pascal kwijt te raken. Dat ik nou eenmaal van hem hield.

Toen ik dat had gezegd, begon de tandarts ineens heel erg te glimlachen. 'Dat zijn grote woorden. Wat weet jij van de liefde, Isabel?'

Zie je wel, alle grote mensen zijn hetzelfde. Ze denken dat kinderen minder gevoel hebben dan zij zelf. Justin Buurman was al niet anders.

'Wat weet jij zelf van de liefde?' flapte ik eruit.

Maar daar ging de tandarts ineens heel serieus op in. Hij zei dat hij de liefde heel lang geleden had afgeschaft. Afgeschaft, dat woord gebruikte hij echt! En toen ik vroeg waarom, zei hij dat het allemaal veel te ingewikkeld was, liefde. Daar had hij natuurlijk gelijk in.

We waren een tijdje stil en toen vroeg ik: 'Heeft Pascal misschien gezegd hoe hij het heeft gedaan? Hoe kan het dat Amadou het niet gemerkt heeft toen hij die grigri pakte?'

'O, die was waarschijnlijk diep in slaap van de verdovingsprik die ik hem die middag had gegeven,' zei de tandarts.

'Wat?'

De tandarts haalde zijn schouders op. 'Het is een nieuw middel. Ik ben er nog mee aan experimenteren.'

Plotseling kreeg hij haast. Er wachtte nog een patiënt op hem in de bus en of ik hem wilde excuseren.

'Maar...' Ik vroeg nog snel of Justin ook vond dat ik naar de politie moest gaan, nu ik dit wist over Pascal, maar dat vond hij niet.

En toen zei ik het zomaar. Dat ik bang was dat Pascal Amadou had vermoord. Eerst die grigri en daarna...

De tandarts stond even stil voor de deur van zijn bus en keek me aan. Ik voelde me vuurrood worden.

Toen zei hij: 'Vraag het hem zelf. Beter advies kan ik je echt niet geven. Het spijt me.'

'Maar dat is zo moeilijk.'

'Liefde ís moeilijk, Isabel. Val mij er niet mee lastig.'

En toen stond ik weer alleen. Ik keek naar de witte deur voor me. Justin had natuurlijk gelijk, ik moest gewoon naar Pascal toe gaan. Misschien was overal wel een logische verklaring voor. Net zoals voor Amadous bewusteloosheid bij de baobab. Dat was gewoon de verdovingsprik geweest.

En toen kreeg ik een klap op mijn hoofd. Niet echt, maar zo voelde het. De tweede keer dat Amadou bij de baobab was gevonden, was hij 's middags ook bij de tandarts geweest! Kon het zijn dat de tandarts toen weer had 'geëxperimenteerd'? Was Amadou misschien bewusteloos geraakt door een te heftige verdoving van de tandarts?

Zonder verder na te denken klopte ik weer op de deur voor me.

'Ja?' riep Justin. Hij keek om de hoek. 'O, Isabel.' Zijn gezicht betrok.

'Nog één ding...'

'Over een uur in de eetzaal.' De deur ging weer dicht.

'Nee!' Ik wrong mijn arm ertussen. Even was er een soort gevecht. Ik ving een glimp op van een klein meisje in de grote tandartsstoel. Iets klopte er niet. Was ze nou vastgebonden?

'Isabel, gedraag je.'

'Sorry, maar...'

En toen riep ineens een stem mijn naam.

'Bella!'

Een klein stemmetje. Een bang stemmetje. Het klonk gesmoord, maar ik hoorde het toch. 'Seleka?'

'Bella!'

'Wat is er...? Wat doe je daar?'

'Hé, verdorie,' zei de tandarts en sleurde me de bus binnen.

In de val

De dingen die daarna gebeurden, waren allemaal zo ongelooflijk en afschuwelijk dat het me nog maanden zal kosten voor ik het allemaal precies begrijp.

Ik werd op een stoel gesmeten en Justin Buurman draaide de deur op slot. Dus daar zat ik ineens in de tandartsbus. Maar ik was niet alleen. Op de stoel lag die kleine Seleka. En het erge was: ze was helemaal vastgebonden, met een soort oranje riemen.

Ik staarde naar Seleka en zij staarde terug, met grote angstogen. Er zaten ook van die klemmen in haar mond.

De tandarts liep druk heen en weer. Zijn ogen glansden en zijn haar zat door de war. Ik had hem nog nooit zo gezien.

'Waarom...' vroeg ik heel zacht, 'Waarom is ze vastgebonden?'

Zonder mij aan te kijken snauwde Justin dat alle kinderen ondankbare honden zijn en dat Seleka anders zou weglopen.

'Maar ze kan niet eens praten. Ze verraadt je echt niet, hoor.'

De tandarts keek even om. 'Verraden? Wat gebruik je vandaag toch een zware woorden, Isabel.'

Ik keek naar zijn brede witte rug. Het stonk in de bus. Naar zweet en ziekenhuis. Maar ik dacht: ik moet blijven praten. Als we praten, gebeuren er geen andere dingen. Dingen die misschien nog veel vreselijker zijn.

Dus ik deed alsof ik geïnteresseerd was in de behandeling. Alsof we een gewoon normaal gesprek voerden tussen tandarts en klant.

En Justin deed mee. Hij zei dat Seleka gaatjes had en ook nog een rotte melkkies. Het klonk zo gewoon dat ik even dacht: misschien is er toch niks aan de hand hier. Gewoon een tandarts en zijn patiënt.

Maar toen kwam De Muziek. Justin zette een of andere afschuwelijke cd op. Keihard. Van die snerpende violen. Ik heb toch al een hekel aan vioolmuziek, maar nu kan ik het echt nooit meer horen zonder in elkaar te krimpen.

Door die muziek konden we niet meer praten. Ik kon alleen maar kijken, als een stomme toeschouwer in een afschuwelijk toneelstuk.

De tandarts pakte een boor. Hij stak hem in Seleka's mond en er ging een schok door het kleine lijfje. De tandarts bleef zeker tien minuten boren. Zijn hele arm trilde ervan.

Toen pakte hij een tang. Hij begon te wrikken, te rukken. Een haak, een andere tang.

De grote witte man en het kleine zwarte meisje hielden nu een soort gevecht. Seleka was aan het spartelen onder de oranje riem, de tandarts zette zich schrap.

En toen...zijn hand schoot uit. Bloed spetterde in het rond.

Krak.

En daar was ie, de kies.

De tandarts zuchtte. Hij keek in Seleka's mond en knikte. Hij spoot wat met een of ander blaasding. Hij zoog donkerroze bloed weg door een plastic buis.

En eindelijk haalde hij de riemen en de klemmen weg (Seleka was zo verstijfd dat ze haar mond nog steeds open hield). De tandarts streek Seleka over haar haar. Er kwamen bloedstrepen op haar voorhoofd.

De tandarts draaide zich om. Hij deed de bloederige watten en papiertjes in een pedaalemmer en alle instrumenten in een of ander bakje met water.

Hij waste zijn handen met een speciaal soort zeep. Kamde zijn haar met een klein zwart kammetje. Hij spoot aftershave op zijn wangen. Trok zijn witte jas uit.

Zette de muziek uit. Keek in de spiegel. Heel lang.

Glimlachte.

'En nu jij.'

Ik schrok op. 'Wat? Ik heb al een tandarts.'

Justin glimlachte breed. 'Ik behandel alleen Afrikaanse kindjes, Isabel. Het spijt me voor je.'

'O,' zei ik dom.

Wat wilde ik ook alweer zeggen? Ik wist het zelf niet eens meer. En het was ook niet belangrijk.

'Ja, die Pascal,' zei de tandarts, alsof hij zomaar ons gesprek van buiten kon afmaken. '"Kwel jezelf niet te veel," heb ik tegen hem gezegd. "Die dingen gebeuren. Jij wist toch niet dat het vernielen van zo'n amulet zulke gevolgen zou hebben?" Dat zei ik.'

Ik staarde Justin aan.

'Amadou was die dag hier,' zei ik langzaam. 'Voor een behandeling.'

De tandarts knikte. 'Ja, die Amadou. Hij mag dan misschien liggen te rotten onder de grond, maar zijn tanden zijn onsterfelijk. Als ze die ooit opgraven is alleen het gebit nog over.'

Dat was zo'n stomme rotopmerking dat ik ineens heel boos werd.

'Wilde je Seleka soms ook vermoorden?' flapte ik eruit.

Het leek alsof Justin ineens wakker schrok. 'Wacht even, jongedame. Nu ga je te snel.'

'Hoezo?'

'Ik ben geen misdadiger.'

'Nee? Wat stop je dan in die spuiten van je?'

'Verdovingsmiddel natuurlijk.'

Het was een tijdje stil. Seleka was stilletjes gaan huilen, we keken allebei naar haar.

Toen zei de tandarts langzaam: 'Dacht je soms dat ik het leuk vond om arme zwarte jongetjes uit de weg te ruimen?' Zijn stem klonk nu dreigend.

Ik schudde mijn hoofd.

'Ik wist het,' zuchtte de tandarts. 'Ik wist dat mijn opmerking over mijn kleine experiment jou niet was ontgaan. Daar ben je veel te wijsneuzerig voor.'

En toen vertelde hij me erover. Zijn Experiment. Een of ander nieuw verdovingsmiddel, dat in Europa verboden was. Ik dacht aan hoe ik Justin Buurman had leren kennen: het vreemde pakje op het vliegveld.

Dus hij had Amadou met een of ander verboden middel verdoofd.

'Het werkt een beetje als cocaïne,' zei de tandarts trots. Alsof ik weet hoe cocaïne werkt!

Maar Justin zei: 'Je komt in een roes. Je merkt niks meer van pijn en bent helemaal ontspannen.' En dat het voor tandartsen enorm prettig werkte.

'Maar wat is er dan mis gegaan? Bij Amadou dus?' Ik weet nog steeds niet hoe ik het durfde, die vraag stellen. Maar ik wilde het echt graag weten.

En de tandarts zei: 'Weet je wat een overdosis cocaïne doet?'

Die vraag bleef heel lang hangen. Eigenlijk was het ook geen vraag. Het was, zoals detectives dat altijd zo mooi noemen, een bekentenis. Want een overdosis cocaïne, daar ga je gewoon aan dood. Dat weet ik zelfs. Dus de tandarts had Amadou te veel verdovingsmiddel gegeven en toen was hij doodgegaan. Zo simpel was het.

Ik stond tegenover de moordenaar van Amadou.

Een ijzige kou trok door mijn lichaam.

'En Seleka?'

'Bij haar heb ik een mindere dosis gebruikt. Zoals ik al zei, ik ben nog aan het experimenteren. Nieuwe medicijnen moeten toch ergens worden getest.'

Sta op, zei ik tegen mezelf. Sta op en loop deze vreselijke bus uit. Ga weg!

En ik deed het ook nog. Bibberend als oma Lila stond ik op. Met voorzichtige stappen liep ik naar Seleka toe. Ze klemde zich aan mij vast als een klein aapje. Ik begon, nog steeds heel langzaam en voorzichtig, richting de deur te lopen. Elke stap ging zwaar, alsof mijn benen sliepen.

'De deur is op slot,' zei Justin Buurman zonder op te kijken.

Ik bleef staan.

Seleka begon zachtjes te jammeren. 'Stil maar,' mompelde ik. 'Bella is bij je.'

'Je bent nogal dol op dat kind, niet?' vroeg Justin.

Ik knikte.

'Het zou wel heel vervelend zijn als haar iets... overkwam?'

'Wat?'

Justin kwam voor mij staan. Ik deinsde een beetje achteruit. En toen deed hij mij een voorstel. Zo noemde hij dat, een voorstel.

Het was eigenlijk heel simpel. Ik moest mijn mond houden. Zodra ik mijn ouders of de politie iets zou vertellen over het experiment van Justin, zou hij Seleka ook een extra sterke prik geven, net als Amadou.

'Begrijpen we elkaar, Isabel?'

O ja, ik begreep het. Ik begreep het maar al te goed. De tandarts had net zo goed mijn mond kunnen dichtnaaien of mijn stembanden doorsnijden. Ik drukte Seleka zo hard tegen me aan dat ze nog harder begon te jammeren.

Justin draaide de deur van het slot.

'Dag Isabel,' zei hij. 'Het was aangenaam met je gesproken te hebben.'

En hij glimlachte. Zijn aftershave walmde naar me toe.

Ik keek op. Liet hij me echt gaan? Mijn hart begon sneller te bonken. Dan kon ik vluchten met Seleka, nu, meteen.

Maar de tandarts raadde mijn gedachten want hij zei: 'Probeer haar niet te verstoppen, Isabel. Anders vind ik wel een ander kindje in het dorp dat nodig eh... verdoofd moet worden.'

Hij pakte de deurklink. 'Nogmaals, ik ben geen misdadiger. Ik hoop dat jij er ook geen bent.'

Even keken we elkaar aan. IJskoude ogen.

Dat was het dus. Ik wist wie de moordenaar van Amadou was. Eindelijk. Maar ik kon het aan niemand vertellen, anders zou er nog een kind sterven. Als ik iets zeker wist, dan wel dit: dat Justin zich aan zijn belofte zou houden.

Het was alsof ik op het randje van een afgrond stond. Eén stap naar achteren en ik viel. Wat moest ik doen? Help! Cleo, oma, papa... Het geheim brandde in mijn keel. Ik had het wel uit willen schreeuwen, maar in plaats daarvan klemde ik mijn mond stijf dicht. Ik had de boodschap van Justin begrepen. Zwijgplicht. Van mij zou niemand iets horen – zelfs niet in mijn slaap.

De deur van de bus zwaaide open en we knipperden in het felle zonlicht, Seleka, ikzelf, en ook de tandarts met zijn smerige aftershavestank.

Toen gebeurde er ineens van alles tegelijk.

Seleka sprong uit mijn armen en rende weg. En om de hoek kwam een groepje mensen aanstormen. Ik zag de vader van Pascal en de twee politieagenten. Voorop kwam Pascal zelf.

'Iza Belle. Je bent ongedeerd. Ik was zo ongerust.'

'Ik was bij Justin.'

'Daarom juist...'

En op datzelfde moment stapten de twee agenten naar voren en grepen de tandarts ieder bij een arm stevig vast.

'Meneer Buurman, u bent gearresteerd voor de moord op Amadou Traore.'

De detective

Pascal had het ontdekt. Toen wij aan het spioneren waren had hij in de hut van Justin bijsluiters van de medicijnen gefotografeerd. Later had hij die op zijn computer gezet en hij had gelezen welke bijwerkingen er waren. Toen was hij gaan nadenken.

'Weet je wat Justin tegen mij had gezegd? "Jij hebt die grigri kapot gemaakt, ik heb misschien wat te veel verdovingsmiddel gebruikt. Zo maakt iedereen wel eens een foutje." En hij zei dat we elkaars "kleine geheimpje" maar goed moesten bewaren. Maar later, toen Amadou was gestorven, was hij weer bij de tandarts geweest. En toen zag ik die bijsluiter...'

'Was dat wat je me wilde vertellen?'

Pascal knikte.

'En die grigri dan?'

Pascal keek me recht aan.

'Je hebt hem zelf gevonden.'

'Ja, maar waarom heb je dat gedaan? Waarom???'

Ik wilde Pascal wel keihard op zijn borst slaan.

'Zijn grigri, Pascal! Je wist hoe belangrijk die voor Amadou was.'

Pascal kreeg zweetdruppeltjes op zijn gezicht, maar hij bleef me nog steeds recht aankijken.

'Het ging per ongeluk,' zei hij uiteindelijk.

'Jaja.'

'Dat begrijp je toch niet.'

'Hoezo begrijp ik het niet?' viel ik uit. Hij scheen maar steeds te denken dat mijn hersens niet normaal konden functioneren. 'Leg het me dan uit.'

En dat deed hij.

Pascal zag Amadou bij die boom en hij dacht dat hij deed

alsof hij sliep. Hij zei: 'Sta op man, zodat ik je een klap op je bek kan geven voor het beledigen van mijn vriendinnetje.' Maar Amadou bleef daar maar dom liggen. Toen werd Pascal kwaad en wilde hem bij zijn grigri omhoog trekken. En die brak. Pascal schrok en rende weg. Die kralen nam hij mee, met het vage (onmogelijke) plan om die grigri later stiekem te repareren en terug te geven.

Ik snapte alles, op één ding na.

'Wacht even,' zei ik. 'Jij wilde vechten om mij?'

Pascal haalde zijn schouders op. 'Of om mezelf, weet ik veel. Hij had je toch ook beledigd?'

'Hoe dan?'

'Door te doen alsof je een dom klein meisje was dat alleen maar goed was om mijn hand vast te houden.'

Ik staarde Pascal aan en er spoelde een golf van liefde over me heen. Deze jongen wilde vechten omdat iemand mij een dom klein meisje noemde. Wat geweldig was hij toch, en zoooo lief!

Ik schoot in de lach, een rare, hikkerige lach, de eerste na mijn griezelige avontuur bij de tandarts. Hij klonk nog een beetje roestig.

Pascal lachte verlegen terug.

'En ik dacht nog wel dat jij Amadou had vermoord,' riep ik gierend.

Pascal stopte met lachen. 'Dat ik... WAT?'

Op dat moment hield alles op. De sneeuwbol viel uit elkaar, het water stroomde tussen de scherven door. Terwijl ik het zei, wist ik al dat ik een enorme fout had gemaakt. Maar zulke vreselijke woorden kan je niet terugnemen. Nooit. Ik bloosde. En stamelde: 'Je had ook stiekem foto's gemaakt van de bukut, dus ik dacht dat je Amadou...'

'...dood wilde hebben? Hij was mijn vriend, Iza Belle.'

'Ja, maar die bukut...'

'Wat is daarmee?'

'Je was zo verdrietig...'

'En dan zou ik zomaar iemand gaan vermoorden? Mijn bloedbroer? Ik wist niet dat je zo slecht over me dacht.'

'Dat doe ik ook niet. Ik heb me vergist.'

'Vergist???' Even staarde Pascal me aan met ogen groot van verbijstering. Toen draaide hij zich om en liep weg.

De dagen daarna waren de verschrikkelijkste van mijn leven. Erger nog dan toen Amadou net was vermoord. Want het was uit en nu echt. Zo had ik Pascal nog nooit gezien. Rustig, ijzig, onverbiddelijk. Dat ik hem een moordenaar had genoemd, was voor hem onvergeeflijk. Hij weigerde met me te praten en tijdens het eten zat hij met zijn rug naar me toe.

'Alweer ruzie?' vroeg mijn vader.

Maar deze ruzie was niet bij te leggen. Hoeveel keer ik ook sorry zei.

Ik huil nooit. Zelfs niet als ik in een stuk glas van drie centimeter stap. En als ik afscheid moet nemen van Cleo of van mijn oma, dan lach ik gewoon.

Maar nu... Ik kon gewoon niet meer stoppen. Ik huilde de hele nacht, dan viel ik heel even in slaap en als ik wakker werd begon ik meteen weer. Ik leek wel een druipende spons. En telkens als het heel even stopte, dan zette iemand in mijn hoofd een muziekje aan: natuurlijk precies dat van die Franse vakantieliefde. Meteen verschrompelde ik dan weer helemaal.

'Pascal?' Het ergste was dat ik hem steeds zag. In de eetzaal, bij de rivier, 's avonds als hij cola ging halen.

'Pascal, alsjeblieft...'

Maar hij liep gewoon langs me alsof ik onzichtbaar was.

'Je hebt het verknald, meid. Dat komt nooit meer goed,' zei Vienna toen ze dat zag.

'Echt niet?' piepte ik.

'Je bent een leuk ding. Er zijn genoeg andere jongens.'

'Ik wil geen andere jongens.'

'Dat denk je nu. Uithuilen, je mooiste jurk aantrekken en recht voor je uit kijken. Nooit achterom.'

Maar Liz kwam mij achterna. 'Je moet gewoon een beetje geduld hebben, Isabel. Misschien over een paar maanden, een paar jaar...'

'Een paar jaar!'

'Zorg dat hij je niet vergeet. Stuur brieven, maar niet te veel. Laat iets van jezelf bij hem achter, een foto of zo. Als jullie voor elkaar bedoeld zijn, komt het wel weer goed.'

Maar dat ging volgens mij over haar en Jimmy.

De volgende dag vertrokken ze met hun kleine vliegtuigje. Jimmy liet zich door Pascals vader afzetten bij het busstation. Hij had zijn baas gebeld dat hij nog een tijdje door Afrika ging rondreizen.

'Dag sproetenprinses,' zei hij tegen mij.

Ik begon natuurlijk weer te blozen en Jimmy keek me aandachtig aan.

'Misschien komen we elkaar nog eens tegen. Wie weet. Als je wat ouder bent...' Hij knipoogde.

Toen kwam gelukkig mijn vader aan lopen met een oude reisgids die hij Jimmy cadeau gaf. *Overleven in het tropisch regenwoud van Guinnée Bissau.*

Justin werd overgebracht naar de gevangenis in de hoofdstad en van de ambassade hoorden we dat zijn zaak er slecht uit zag.

'Ik hoop dat ze hem zijn hele leven vasthouden,' zei mijn moeder boos.

Gertie en Kalifa kwamen terug en ze waren niet eens kwaad dat ze op het politiebureau hadden moeten blijven. Ze hadden gebeld met hun dochter en het scheen dat haar vreemde aanvallen als sneeuw voor de zon waren verdwenen. Gertie en Kalifa popelden nu om naar huis te gaan en dat met eigen ogen te zien. 'Onze Ziggy.' Er waren tranen bij hun afscheid. Gertie en Kalifa hielden niet op met Abbe te bedanken. Seleka was er ook bij. Ze stond lachend bij Gertie om snoepjes te bedelen alsof ze niet bijna dood was geweest.

Zelfs Charlotte was gekomen, in een vrolijke bloemetjes-jurk met bijpassende hoofddoek. Ze zag er doodnormaal uit.

Ik raapte al mijn moed bij elkaar en liep op haar af. 'Charlotte?'

'Ja?' zei ze vriendelijk.

'Kan jij mij niet helpen dat mijn vriendje weer verliefd op me wordt?'

'Je vriendje?'

'Pascal.'

Charlotte begon vrolijk te lachen. 'Ik ben de maraboet niet. Wat dacht je, dat ik een toverdrank voor je had?'

'Of iets met geesten,' mompelde ik.

Charlotte keek me lang aan. 'Zo werkt het niet, dat weet je toch wel?'

Ik knikte, maar er spongen tranen in mijn ogen. 'Ik doe de hele tijd alles verkeerd.'

'Toch niet alles,' zei Charlotte lief.

'Wel.' Ik wees naar Kalifa en Gertie. 'Hen had ik beschuldigd, terwijl ze het niet eens hadden gedaan.'

'Maar je hebt ook uitgevonden wie het wel had gedaan.'

'Pascal wist het eerder dan ik.'

'Maar wie was begonnen met speuren? Wie was het nieuwsgierigst? Dat is een heel goede eigenschap, nieuws-gierigheid. Zo heb je ook ontdekt wat er was gebeurd met Amadous grigri.' Ik hield even mijn adem in maar Charlotte zei verder niets over Pascal.

Ze zei wel iets anders. 'Je moet er mee doorgaan, Isabel.'

Ik keek haar niet-begrijpend aan, en ze zei: 'Mensen doen de raarste dingen. Wonderlijke dingen, onvoorstelbare din-gen. En veel te vaak komen ze daar ongestraft mee weg.'

Ze lachte een beetje treurig. 'Niet alleen hier, dat gebeurt overal. En jij komt overal door die ouders van je. Blijf zo goed kijken en luisteren. En blijf alles opschrijven in dat grote boek van je.' Ik keek op. Hoe wist Charlotte dat nou weer?

'Blijf speuren Isabel. Wie weet wat je verder allemaal nog ontdekt.'

Het leek een soort vraag, dus knikte ik plechtig. Het was een lichtpuntje. Als detective was ik misschien nog niet helemaal mislukt.

Wat de boom zag

Soms denk ik wel eens dat een huis oren heeft. En hoe wonder-baarlijk het zou zijn om alle gesprekken te horen die in een huis plaatsvinden. Zo'n huis vangt steeds een flard van je leven op. Niet alles natuurlijk, want je bent ook op reis, of naar school, of op bezoek bij iemand anders. Maar als dat huis een beetje slim is, kan het wel alle gesprekken met elkaar combi-neren. En zo weet dat huis uiteindelijk meer dan je denkt.

Zo heb ik me ook afgevraagd wat de baobab die bewuste avond allemaal heeft gezien. Ik bedoel natuurlijk de baobab van de dode verhalenvertellers.

Die avond hielden Gertie en Klaifa er hun tweede ritueel voor Ziggy. In hun handen hadden ze een oude kinderfoto van Ziggy van voordat de geest bezit van haar had genomen. De baobab zag ze dansen en zingen om de vuren. Hij zag de geest vechten met Charlotte en kreeg een kom geitenbloed over zich heen. Of kippenbloed of koeienbloed. Daarna zag hij Ger-tie en Kalifa de vuren doven en snel weer in het bos verdwij-nen.

Niet veel later kwam Amadou, gekleed in zijn beste kleren en met pasgewassen haar. Hij was natuurlijk opgewonden, want hij had een afspraakje. Wat deed hij toen hij op Vienna wachtte? Zag hij dat er net een ritueel had plaatsgevonden? Stookte hij de vuurtjes weer op? Voetbalde hij met de sche-dels van de dode verhalenvertellers?

Of misschien was Amadou juist heel rustig. Misschien sleepte hij zich wel naar de boom toe, omdat het gif al was begonnen te werken. Huilde hij? Riep hij om hulp? Kon de boom hem troosten toen hij stierf?

Maar het was nog niet voorbij want toen kwam Vienna uit

het bos tevoorschijn. Een hippe, roodharige vrouw op veel te hoge hakjes. Zo'n soort vrouw had de baobab vast nog nooit gezien. Hij zag haar dichterbij komen en plotseling stilstaan. Ze keek met verschrikte ogen naar Amadou die daar lag in het schijnsel van het nasmeulende vuur. Misschien dacht Vienna dat hij in slaap was gevallen. Raakte ze Amadou aan? Gilde ze? In ieder geval bleef ze niet lang. De boom zag haar stuntelig wegrennen op die hakjes van haar.

Toen werd het stil in het bos. Er kwam onweer en alleen Amadou bleef achter in de stromende regen. Misschien waren de bladeren van de baobab een soort beschutting. Pas uren later kwam er iemand die Amadou vond en meenam. En nog weer later kwamen er politiemannen, die foto's maakten en sporen onderzochten.

Begreep de boom wat er was gebeurd?

En nog weer heel veel dagen later, zag de baobab een meisje met sluik blond haar uit de struiken komen. Het meisje ging recht voor de boom staan en keek ernaar. Omhoog naar de kruin en weer omlaag naar de stam met het grote gat erin. Heel lang bleef ze zo staan.

Ze legde een paar oerwoudbloemen neer bij de wortels. Rode bloemen met sprieten in het hart.

'Dag lieve Amadou,' fluisterde ze.

Daarna pakte het meisje een mes uit haar zak en begon iets in de stam te kerven. Een hart, misschien een bericht. Ze schreef een jongensnaam. De bast was taai en het duurde heel lang voor het meisje klaar was. Haar vinger bloedde omdat ze was uitgeschoten. Ze keek weer naar de boom en bekeek wat ze had geschreven. Ze huilde niet meer.

Het duurt vast niet lang voor Pascal naar de baobab komt. Wat zou ik dan graag de ogen van de boom zijn.

Miezerig en bewolkt

De piloot roept om dat het in Nederland koud, miezerig en bewolkt is.

Mijn vader is nog snel even naar de wc gegaan, dat doet hij altijd. Mijn moeder buigt zich naar mij toe en kijkt me onderzoekend aan.

Ik wil haar zeggen dat iemand missen net zoiets is als verliefd worden. Het tackelt je net zo onverwacht. Maar ik zeg iets anders: 'Ik haat het weer in Nederland.'

'Wat mis je het meest?' vraagt mijn moeder, die me toch heeft begrepen.

'Alles. De avonturen in de Hippo Bar. Die stomme Franse liedjes van Pascal. Hoe hij Iza Belle zei.'

Ik slik en slik en na een tijdje zegt mijn moeder: 'En toch komen er weer nieuwe avonturen.'

'Maar ik word nooit meer verliefd!'

Mijn moeder glimlacht even en ik snauw haar toe dat ze gelijk had met dat wormpje.

'Wormpje?'

'Verliefd zijn is vreselijk. Ik doe het nooit meer.'

Mijn moeder lacht niet meer. 'Ik snap je heel goed. Maar weet je, lieverd, dan heb je ook dat fijne nooit meer. Nooit meer een liedje dat alleen voor jou die betekenis heeft. Nooit meer iemand die jouw naam op een heel speciale manier zegt.'

'Nou, en?'

Mijn moeder haalt haar schouders op en kijkt om zich heen waar mijn vader blijft.

En de piloot zegt door zijn microfoontje dat de cabin crew moet gaan zitten omdat we gaan landen.

De mensen in de Casamance in Senegal, die mij, net als Pascal aan Isabel, een paar van de geheimen van de Diola hebben verteld. Er was niets zo spannend als 's nachts naar de tamtam en de vreemde liederen te luisteren, die vanuit de diepte van het bos kwamen.

Ilco, die een Landrover door het oerwoud kan sturen, uit niets een kampvuur kan maken én die midden in het doodstille oerwoud rustig een brullende generator voor me aanzet zodat ik kan schrijven.

Mijn drie stoere dochters omdat ze me dan niet storen.

Iedereen bij Leopold en vooral Liesbeth, die niet alleen alles snapt van schrijven, maar ook van reizen. In de twee jaar dat ik door Afrika trok, stuurde ze me elke week een e-mail!

Een extra omhelzing is voor mijn ouders, Erik van Praag en Maria de Vogel, omdat ze zo dapper proberen te begrijpen waarom ik zo vaak en zo lang op reis ben (zij schrijven namelijk geen reis-gidsen).

En nu... Op naar het volgende avontuur van Isabel Snoek! Duiken jullie mee in de diepe, duistere zee van Belize?

Anna van Praag

Word vriend(in) van Isabel!
isabelsnoek.hyves.nl

Hyves.nl
always in touch with your friends